EINE WOCHE NACHDEM HERR BAMBELL GESTORBEN WAR, KLOPFTE ES AN SEINER HAUSTÜR

Ruben Dellers, geboren 1958, sah als Zehnjähriger eine Werbung für einen Fotoapparat für fünf Franken. Er kaufte ihn und entwarf damit Bildgeschichten. Mit fünfzehn schrieb er sie auf, mit zwanzig verfilmte er sie. Dann wurde der Computer populär und er schrieb Programme und entfernte sich vom Literarischen. Doch 2014 entdeckte er im Internet den Berner Schriftstellerinnen- und Schriftstellerverein.

Die Deutsche Nationalbibliothek verzeichnet diese Publikation in der Deutschen Nationalbibliografie; detaillierte bibliografische Daten sind im Internet über dnb.de abrufbar.

© 2022 Ruben Dellers
Idee: 06.02.2020
Version vom 18.02.2022
Erstveröffentlichung: 27.01.2022
Umschlag: Yaran Bürgi
Lektorat und Korrektorat: Claudia Kühne
Schlusskorrektorat: Magda Werderits
Herstellung und Verlag: BoD – Books on Demand, Norderstedt
ISBN 978-3-755-72377-6
ruben.ch
Nr. 250102

Dank an die
TestleserInnen,
RecherchenunterstützerInnen
und ManuskriptbeurteilerInnen

DER BRIEF

Eine Woche nachdem ich gestorben war, klopfte es an meiner Haustür. Ich blieb in der ersten Etage, in meinem Zimmer. Am Tag darauf klopfte es erneut, diesmal mehrere Sekunden am Stück. Dann ließ man mich in Ruhe. Nach gut einem Jahr begann der Störenfried wieder zu klopfen. Der neue Besitzer meines Hauses, er war am Vortag mit seiner Familie eingezogen, eilte zur Tür und öffnete.

Ich schlich die Treppe hinunter und setzte mich auf eine der unteren Stufen, um zu sehen, wer mich da nun schon so lange belästigte.

Vor der Tür stand ein Uniformierter mit einer braunen UPS-Mütze.

»Ich habe eine dringende Nachricht für Herrn Bambell.« Er hob einen Brief hoch und schwenkte ihn hin und her. »Ich darf ihn nur Herrn Bambell persönlich übergeben.«

»Herr Bambell ist gestorben«, sagte der neue Besitzer und schaute zu seinen Kindern, die sich links und rechts an ihn schmiegten.

»Wann kommt er zurück?«, fragte der Bote.

Der neue Besitzer schüttelte den Kopf.

Der Bote zeigte auf den Klingelknopf. »Hier steht Bambell.«

»Ja, richtig. Wir wechseln morgen das Klingelschild aus.«

»Also, ist er heute noch hier?«

»Hören Sie«, sagte der neue Besitzer. »Herr Bambell ist voriges Jahr gestorben. Ich kenne ihn nicht. Das Haus hat einige Zeit leer gestanden, ich habe die Erbin kontaktiert, ich brauchte ein Haus für meine Familie.«

Der Bote warf einen Blick ins Innere des Hauses, bevor er sich umdrehte und ging.

»Möchten Sie die Adresse seiner Tochter?«, rief ihm der neue Besitzer hinterher.

Der Bote schaute nicht mehr zurück.

Der neue Besitzer schloss die Tür und ging mit den Kindern in die Küche, wo seine Frau Umzugskartons auspackte.

Ich war schon lange nicht mehr im Erdgeschoss gewesen. Wie die meine Räume verstellten!

»Wollt ihr mir helfen?« Die Frau stemmte die Arme in die Taille.

Die Kinder rannten schnell weg.

»Da war ein Postbote und wollte zum früheren Hauseigentümer, Herrn Bambell«, sagte der neue Besitzer zu seiner Frau.

»Und?« Sie öffnete einen Karton und nahm eine Bratpfanne heraus. »Er meint bestimmt seinen Sohn, hast du ihm seine Anschrift gegeben?«

»Er hat keinen Sohn, nur eine Tochter«, antwortete der Mann. »Das habe ich beim Notar mitbekommen.«

Sie hielt ihm die Bratpfanne hin.

»Was soll ich damit?«, fragte er.

»Entweder hilfst du mir, oder du gehst hinaus.«

Er ging aus der Küche.

Ich machte einen Schritt auf die Frau zu.

»Hallo«, sagte ich.

Die Mutter sah und hörte mich genauso wenig wie gestern der Vater, als ich ihn fragte, warum er ohne meine Einwilligung einfach in mein Haus zieht.

Das heißt, auf einmal drehte sie sich um und suchte mit den Augen die Wände ab.

»Bilde ich mir das ein?«, murmelte sie.

Sie widmete sich wieder einem Karton.

»Hören Sie mich?«, fragte ich.

Erneut drehte sie den Kopf. »Bin ich verrückt?« Sie ging zum Fenster, öffnete es, beugte sich hinaus, immer noch die Bratpfanne in der Hand.

»Ich stehe hinter Ihnen.«

Sie schloss das Fenster und begab sich zur Tür. Die Kinder spielten im Flur.

»Habt ihr was gesagt? So brummelig, mit verstellter Stimme?«

Das Mädchen schüttelte den Kopf. Der Junge sagte: »Ich will aber noch spielen.«

»Ja, spielt nur.« Die Mutter schloss die Küchentür.

»Sie können mich hören, stimmt's?«, fragte ich.

Sie zog den Kopf ein und hielt sich beide Ohren zu, die Bratpfanne immer noch umklammernd. Ich näherte mich ihr und tippte ihr auf die Schulter. Meine Finger gingen durch sie hindurch. Das heißt, ich sah keine Hand oder Finger, ich ahnte nur, wo ich meinen Arm hinbewegte. Auch meine Beine, der Rumpf: Ich war seit dem Unglück unsichtbar.

Sie nahm die Hände vom Kopf und drehte ihn hin und her.

»Ist jemand hier?«, flüsterte sie.

»Ja, ich. Bambell mein Name.«

Sie starrte die Bratpfanne an, als hielte sie einen Spiegel vor sich.

»Ich kann Sie sehen, Sie mich aber anscheinend nicht.«

Sie hob den Kopf. »Bambell? Der verstorbene Bambell?«

Dachte sie ebenfalls, ich sei gestorben? Schon vorhin hatte der Vater das dem Boten an der Tür gesagt.

»Ich lebe seit vielen Jahren in diesem Haus«, sagte ich.

»Sind Sie ein Geist?«

Ich zuckte mit den Schultern, vermutete jedoch, sie konnte das nicht sehen.

Sie warf die Pfanne in den Umzugskarton zurück und setzte sich auf einen anderen Karton neben dem Tisch. Die Arme legte sie auf die Tischplatte und verschränkte eigentümlich die Finger. »Ich höre Geister. Endlich höre ich auch mal Geister. Wir müssen zu Julia.«

Sie schaute zur Küchentür. »Können wir die Séance an einem anderen Ort abhalten? Mein Mann hat es nicht gern, wenn …« Sie redete nicht weiter.

»Ich wollte Sie eigentlich nur bitten, den Brief für mich in Empfang zu nehmen und ihn mir vorzulesen.« Ich musste den Grund für meinen unmöglichen Zustand erklären. Gestorben? Ich war hier!

»Welchen Brief? – Wir treffen uns heute Abend. Bei Julia, um sechs.«

»Können Sie nicht für mich auf die Post …«

»Stopp«, sagte sie. »Ich darf nicht länger mit Ihnen reden, nicht ohne Julias Anweisungen. Heute Abend bei ihr.«

Ich schwieg. Besser, ich ging abends zu dieser Séance. Sie war im Moment meine einzige Hoffnung.

»Wo wohnt diese Frau? Wie haben Sie sie genannt?«

Sie lachte. Dabei verzerrten sich die Züge ihres eigentlich netten Gesichts.

»Sie wissen genau, wo Julia wohnt. Sie ist bekannt unter euch Geistern.«

»Nein, ich …«

»Jetzt scherzen Sie. Wunderbar. Ein Geist mit Witz. Also um sechs.«

Sie stand auf, beugte sich wieder über den Karton und holte die Bratpfanne heraus.

Ich ging durch die geschlossene Küchentür. Ich konnte einfach hindurchgehen, als wäre sie nicht vorhanden. Im Flur spielten die Kinder mit Murmeln.

»Achtung!«, rief der Junge, als ich über die Murmeln glitt. Er war im Grundschulalter.

»Benehmt euch!«, rief der Vater aus dem Wohnzimmer, das an den Flur grenzte.

»Er geht einfach darüber«, rief der Junge dem Vater zu.

Das Mädchen bedeutete mir, ich solle hier nicht stehen, hier kommt eine Autobahn hin.

Ich verstand ihre Gedanken, sie musste sie nicht aussprechen. Sie schien erst fünf Jahre alt zu sein, vielleicht jünger.

›Entschuldigung‹, dachte ich und ging zur Treppe.

»Wir dürfen noch nicht rauf«, sagte der Junge.

Ich griff nach dem Treppengeländer, fasste jedoch hindurch.

»Papa, der Mann geht rauf. Darf er das?«

Der Vater kam in den Flur und schaute sich um. Das Mädchen zeigte zur Treppe. Der Vater schaute hin, schien mich aber nicht zu sehen. Er schüttelte den Kopf. »Unsinn«, flüsterte er, wandte sich zu den Kindern und sagte: »Er darf.«

›Du darfst‹, dachte das Mädchen und schaute mich an. Ja, ich hörte ihre Gedanken, als spräche sie sie aus. Die Gedanken des Vaters oder des Jungen hörte ich nicht.

»Warum dürfen wir nicht?«, fragte der Junge und erhob sich.

»Geister dürfen«, sagte der Vater und versuchte zu lächeln, schnitt jedoch eine Grimasse. Er ging zurück ins Wohnzimmer.

»Ich will aber auch!«, schrie der Junge.

»Psst«, sagte ich. Das Mädchen sah mich an. Der Junge schaute ebenfalls zu mir, ich winkte ihm, er machte ein fragendes Gesicht. ›Kannst du mich sehen? Ich brauche Hilfe‹, sagte ich in Gedanken.

Die Wohnzimmertür war offen und der Vater war nicht zu sehen, man hörte ihn geräuschvoll pusten.

Der Junge beugte sich wieder über seine Spielklötze.

›Dein Bruder versteht mich nicht‹, dachte ich und schaute das Mädchen an. ›Kannst du ihn fragen, ob er mit nach oben kommt? Aber leise.‹

Das Mädchen wandte sich ihrem Bruder zu und flüsterte: »Er sagt, wir sollen rauf.« Sie erhob sich.

Sofort eilte der Junge an mir vorbei und tappte die Treppe hoch. Ich folgte ihm mit dem Mädchen.

Die Räume in der oberen Etage waren ebenfalls mit Umzugskartons verstellt, oft mehrere aufeinandergestapelt, sogar im Flur. Man kam kaum an ihnen vorbei. Aber das machte mir nichts, ich ging durch sie hindurch, und die Kinder kletterten darüber hinweg.

›Kann ich hier sprechen? Ich wollte deinen Bruder fragen, ob er für mich den Brief …‹ oder ob ihr irgendwie euren Vater dazu bringen könnt, dass er …‹ Mir fiel ein, der Postbote hatte betont, er dürfe den Brief nur mir persönlich aushändigen.

›Was steht denn in dem Brief?‹, fragte das Mädchen.

›Der Postbote hat ihn mir nicht gegeben.‹

›Aber er hat ihn in die Luft gehalten. Mama sagt, Geister können durch den Umschlag sehen.‹

»Warum guckt ihr euch ständig an?«, fragte der Junge. »Habt ihr eine Zeichensprache?«

15

»Wir sprechen miteinander«, flüsterte das Mädchen.

»Ich verstehe aber nichts«, sagte der Junge so laut, als müsste er gegen Verkehrslärm ankommen.

Das Mädchen kniff ihm in den Arm, hielt sich mit der anderen Hand den Mund zu.

»Ich kann aber die Geistersprache nicht«, flüsterte er.

Sie hielt die Hand an sein Ohr und tuschelte: »Ich sage dir, was er sagt.«

»Was sagt er?«

»Er hat den Brief nicht gelesen.«

Ich hörte das Mädchen deutlich, obwohl sie ihren Mund gegen mich abschirmte.

»Hast du ihn gelesen?«, fragte ich das Mädchen mit Sprechstimme. So konnte der Junge hoffentlich die Frage auch hören und brüllte nicht gleich wieder los.

›Nein, ich kann ja noch nicht lesen.‹

›Nun ja‹, dachte ich. ›Deine Eltern sehen mich nicht, dein Vater hört mich nicht mal. Und du, du kannst mit mir in Gedanken kommunizieren. Deshalb könnte es doch sein, dass …‹ Das Mädchen schaute mich mit offenem Mund an. ›Verzeihung, ich habe ein bisschen die Orientierung verloren.‹

»Was sagt er?«, fragte der Junge.

»Er hat was verloren, ein Orienttier oder so.« Das Mädchen kletterte über einen Karton ins Badezimmer.

»Ein Ohrentier? Wer will denn so was?«

»He, ihr da oben, kommt sofort runter.« Auf der Treppe waren Männerschritte zu hören.

»Siehst du«, flüsterte das Mädchen.

Die Kinder eilten hinunter. Der Vater blieb auf der obersten Stufe stehen.

»Hör mal«, sagte er zu den verschlossenen Kartons. »Wenn du tatsächlich ein Geist bist, so lass bitte meine Kinder in Ruhe. Es genügt, wenn du meine Frau verrückt machst.«

Er stieg die Treppe hinunter.

DIE KINDER

Ich klopfte an das Gestell mit den Schreibwaren, doch ich spürte keinen Widerstand. Die Frau hinter dem Schalter und die davor schienen mich nicht zu sehen. Eine weitere Frau kam mit einem Kinderwagen in die Poststelle. Im Wagen lag ein kleiner Junge und schlief.

Ich beugte mich über ihn.

»Hallo, Piepmatz.«

Er öffnete die Augen und lächelte mich an.

Ein Zehnjähriger kam angerannt und schaute ebenfalls in den Wagen.

»Er ist wach!«

»Und du, großer Junge? Siehst du mich auch?«

Der Kleine im Wagen lächelte mich noch breiter an. Der Große folgte mit den Augen dem Blick des Brüderchens, sah jedoch durch mich hindurch.

Ungeachtet der Absperrung drang ich ins Innere der Poststelle. Holte ich mir den Brief halt eigenhändig. Die Einschreiben waren in eine Holzkiste einsortiert, doch ich konnte sie nicht greifen und aus der Kiste nehmen. Ich versuchte durch den obersten Umschlag durchzuschauen, wie mir das Mädchen geraten hatte. Es gelang mir nicht.

»Das Mädchen«, sagte ich laut. Mir war eine Idee gekommen. Ich drehte mich um, hatte mich jemand gehört? Schließlich stand ich unbefugt hier. Es hatte mich niemand bemerkt.

Das Mädchen wollte mich nicht zur Poststelle begleiten, sie müsse jetzt ein Haus bauen, dachte sie.

›Ich helfe dir dafür beim Bauen‹, dachte ich.

Sie rutschte beiseite und wies mir den Platz zwischen sich und dem Bruder zu.

Doch ich konnte die Holzklötze nicht anfassen.

›So kannst du mir nicht helfen‹, dachte sie und drückte eine Hand gegen meinen Körper.

Ich spürte die Hand, sie konnte mich berühren. Für meine Augen stoppte die Hand in der Luft, dort, wo mein Rumpf beginnen musste.

›Wie machst du das?‹, fragte ich sie.

»Warum schaut ihr euch wieder so komisch an?«, fragte der Junge. »Redet ihr wieder in Geistersprache?«

»Der Geist kann die Klötze nicht anfassen.«

»Aber deine Schwester kann mich berühren«, sagte ich.

Mit Wucht klatschte der Junge seine Hand in meine Rippen. »Ich auch.«

Ich versuchte meinerseits die Kinder anzufassen, aber meine Hand ging durch sie hindurch.

»Du bist noch frisch«, sagte der Junge. »Wann bist du gestorben?«

Mir war nicht wohl, auch der Junge sah mich wie selbstverständlich als gestorben an. Sterben, das hatte ich mir seit dem Tod meiner Frau jeden Tag gewünscht – und nun wandelte ich im Haus umher. Wie war das möglich?

»Vor einem Jahr, hat Papa gesagt.« Das Mädchen schob einen grünen Klotz unter einen roten.

»Mama!«, rief der Junge. »Ab wann können Geister was anfassen?«

Die Küchentür war geschlossen. Der Vater kam aus dem Wohnzimmer und sagte: »Lasst Mama in Ruhe, sie muss auspacken.«

»Ab wann können Geister was anfassen?«, fragte der Junge seinen Vater.

Ich erhob mich und stellte mich neben die Treppe.

»Du darfst nicht rauf«, sagte der Junge zu mir.

»Kann euer Geist euch die Spielsachen nicht wegnehmen?«, fragte der Vater. »Das ist doch prima.«

Er ging in die Küche und schloss die Tür. Kaum drinnen, donnerte seine Stimme. Mit einem Ruck öffnete sich die Tür wieder.

»Raus!«, schrie die Mutter.

»Wir haben eine Abmachung!«, schrie der Vater zurück und warf die Tür hinter sich zu.

Die Mutter öffnete sie wieder und streckte den Kopf heraus. »Ich halte mich dran!«

»Und warum sprechen die Kinder von einem Geist?«

Sie zuckte mit den Achseln.

»Er ist da.« Das Mädchen zeigte mit dem Finger auf mich.

»Siehst du ihn auch?«, fragte der Vater die Mutter.

Sie schüttelte den Kopf, zuckte mit den Schultern und sah den Vater an, als bemitleidete sie ihn, weil er die Existenz eines Geistes so vehement verleugnete und das zugleich auch wieder infrage stellte.

»Aber ich sehe ihn«, sagte der Junge, stand auf und stellte sich neben mich. »Ich kann ihn sogar berühren.« Er drückte seine Hand an mein Bein.

»Spielt weiter. Papa mag nicht, wenn ihr von Geistern redet. Ihr könnt es mir erzählen.«

»Nein«, sagte der Vater. »Du darfst sie nicht noch ermutigen, an solche Sachen zu glauben.«

»Wenn sich in unserem Haus ein Geist aufhält«, die Mutter zuckte mit den Schultern, »kann ich doch nichts dafür.« Sie verschwand in der Küche.

»Komm, Papa«, sagte der Junge, »ich zeige ihn dir.«

Er stürzte auf den Vater zu, zog ihn zur Treppe und streckte die Hand seines Vaters in Richtung meines Beins. Doch die Hand griff durch mich hindurch.

»Bei dir geht's nicht«, nuschelte der Junge.

Wie kam das? Die Kinder konnten mich sehen, ich mich selbst aber nicht – und auch die Eltern der Kinder konnten mich nicht sehen. Vielleicht orteten die Kinder mich nach Gehör oder Geruch und unterschieden die Wahrnehmungen nicht so genau?

»Könnt ihr mich richtig sehen, oder riecht ihr mich nur?«, fragte ich den Jungen.

Der streckte die Nase in die Höhe und schnupperte in die Luft. »Es riecht nach Umzugskisten.«

Das Mädchen sah kurz auf und gleich wieder auf die Spielklötze, sie langte nach einem gelben.

Ich beugte mich erneut an mir herab. Ich blieb unsichtbar.

»Ich kann mich weder berühren noch sehen«, sagte ich zu dem Jungen.

»Papa kann dich auch nicht sehen«, meinte das Mädchen und schüttelte den Kopf. »Mama auch nicht.«

»So. Hört jetzt auf.« Der Vater zog den Jungen von der Treppe weg.

Der setzte sich neben seine Schwester und kippte die restlichen Klötze aus der Holzkiste auf den Boden.

Kaum war der Vater ins Wohnzimmer gegangen, hob der Junge den Kopf. »Kannst du dich wirklich nicht selbst sehen?«

Ich verneinte.

»Und die anderen Geister?«

»Gibt es hier noch andere Geister?« Ich sah die Treppe hoch.

»Die sind nicht da«, sagte der Junge. »Wegen Papa.«

»Wo sind sie denn?«

Der Junge zuckte mit den Achseln.

»Bei Julia«, sagte das Mädchen.

Der Junge nickte.

»Julia? Die Frau, die eine Séance abhalten kann?«, fragte ich.

Der Junge verzog das Gesicht. »Hä?«

»Sie ist meine große Schwester«, sagte das Mädchen.

»Unsere Halbschwester«, sagte der Junge.

Das Mädchen stand auf und rannte in die Küche. »Schließ bitte die Tür«, hallte es aus der Küche.

»Wie heißt du?«, fragte ich den Jungen.

»Luca. Und du?«

»Bambell.«

Durch die geschlossene Küchentür drang die Stimme der Mutter. »Meinetwegen kann er jetzt schon zu ihr gehen.«

»Und deine Schwester?«, fragte ich.

Der Junge türmte konzentriert sechs Klötze aufeinander. »Julia.«

»Ich meine die jüngere.«

Der Junge drehte sich zur Küche. »Sie?«

Ich nickte.

»Sarah.«

Das Mädchen kam aus der Küche. ›Du kannst zu Julia, ich habe Mama gefragt.‹ Sie setzte sich hin.

Der Junge stellte einen siebten Klotz auf den Turm. Er begann zu wanken.

»Willst du nicht zu Julia?«, fragte das Mädchen. »Sie zeigt dir, wie du die anderen Geister sehen kannst. Na, und auch dich selbst.«

»Sie will aber Geld dafür«, sagte der Junge.

»Ich habe noch welches.« Ich ging zur Haustür. »Wo wohnt sie denn?«

Das Mädchen stand auf, rannte erneut in die Küche und schloss behutsam und umständlich lange die Tür.

DAS MEDIUM

Ich ging durch die geschlossene Haustür und die Treppe hinauf. In der dritten Etage sah ich mir die Namensschilder an. Auf einem stand »Medium Julia«. Ich hätte mich gern angekündigt, aber ich konnte nicht klingeln, mein Zeigefinger stieß durch den Klingelknopf in die Wand. Ich glitt durch die Tür in den Wohnungsflur. Aus dem vorderen Zimmer hörte ich Papierrascheln.

Ich schlich hin, die Tür war offen. Eine junge Frau mit langen blonden Haaren saß auf dem Parkett und hatte die Beine angewinkelt. Sie schnitt runde Papierschlangen aus einer Landkarte.

»Hallo, hören Sie mich?«, flüsterte ich.

Die Frau hob den Kopf.

»Sind Sie Julia? Ihre Mutter hat um sechs eine Séance einberufen, und sie hat mir erlaubt, jetzt schon bei Ihnen vorbeizuschauen.«

Sie erhob sich. »Kannst du nicht klingeln wie jeder normale Mensch?«

»Ich bin tot.«

»Ja klar, tot.« Sie nickte übertrieben. »Verschwinde aus meiner Wohnung.« Sie kam auf mich zu.

Ich drehte mich um und huschte ins Treppenhaus.

Als ich in der zweiten Etage war, öffnete sich die Tür oben, und die Frau rief: »Moment, komm wieder hoch.«

Ich machte kehrt.

»Komm rein, ich dachte, du lebst.« Sie wies mich rechts in die Küche. Ich stellte mich neben den Küchentisch.

›Ich bin Julia. Willst du einen Kaffee?‹, fragte sie mich in Gedanken.

›Gern‹, dachte ich, obwohl ich mir nie etwas aus Kaffee gemacht hatte. Aber es war vielleicht gut, wenn ich möglichst wenig ablehnte. ›Mein Name ist Bambell.‹

›Bambell? Und dein Vorname?‹

Ich stockte. Er fiel mir nicht ein.

Sie ging zur Kaffeemaschine und hantierte damit. ›Ich kann offenbar die Lebenden schon nicht mehr von den Toten unterscheiden, sorry. Erst als ich gesehen habe, wie du durch die geschlossene Tür geglitten bist, habe ich begriffen, dass du tot bist.‹ Sie stellte eine Tasse Kaffee auf den Tisch.

›Bin ich tatsächlich gestorben?‹

›Du hast es ja selbst gesagt. Ist auch offensichtlich. Aber du bist ein eigenartiger Geist. Normalerweise sind die spirituell drauf, wie soll ich sagen …‹ Sie langte nach einer zweiten Tasse, stellte sie unter den Auslauf. ›Du siehst wie ein Lebender aus, abgesehen davon, dass du durch Türen gleiten kannst.‹ Sie ließ den

Zeigefinger über den Programmtasten schweben, unentschlossen, auf welche sie drücken sollte. ›Du kannst keinen Kaffee trinken, oder?‹

Ich wedelte meine Hand demonstrativ durch die Tasse, die auf dem Tisch stand.

Sie nickte. ›Auf mich wirkst du physisch. Du bewegst dich wie ein Lebender und sprichst auch so. In dem Fall solltest du zumindest Dinge anfassen und verschieben können.‹ Sie zeigte auf den Hocker neben dem Tisch. ›Rück ihn zu dir.‹

Ich streckte meine Hand nach dem Hocker aus, sie ging hindurch.

›Du kennst deinen Vornamen nicht, kannst keinen Stuhl anheben, wandelst aber plastisch bei uns rum. – Seit wann bist du tot?‹

Sie füllte die zweite Tasse, und ich schilderte, was mir heute passiert war.

Mit einem hellen Lachen stellte sie die Tasse auf den Tisch. ›Du bist mir einer. Tot, aber keine Ahnung, wie es weitergeht.‹

Sie trank einen Schluck, ohne meine vergeblichen Versuche zu beachten, das Gleiche zu tun.

›Oder erwartest du, dass ich dich sieze? Du hast dich vorhin mit deinem Nachnamen vorgestellt.‹

›Nein, nein‹, dachte ich. ›Das ist in Ordnung.‹

›Was willst du von mir?‹

›Ich möchte an den Brief kommen, von dem ich dir erzählt habe. Ich hoffe, darin steht, was ich tun muss, um wieder normal zu werden.‹ Ich machte eine hilflose Handbewegung. ›Doch selbst wenn ich ihn hätte, könnte ich ihn nicht öffnen.‹

›Was kümmert dich der Brief? Womöglich ist in ihm bloß eine längst überfällige Rechnung vom Finanzamt.‹

›Rechnung? Der Bote muss gewusst haben, was mit mir passiert ist und dass ich noch im Haus war. Er wollte den Brief nur mir persönlich geben. Also ist es wohl eine Mitteilung an einen Halbgestorbenen oder so was.‹

›Wo ist der Brief?‹

Ich zuckte mit den Schultern.

Sie schüttelte den Kopf. ›Bambell, du musst dich nicht rausreden: Du bist tot.‹

Ich senkte den Kopf.

›Das ist doch nicht tragisch‹, sagte sie. ›Aber du musst wissen, ich bin kein Medium, das Verstorbenen hilft. Ich kann sie kontaktieren und ihre Botschaften an die Lebenden weitergeben. Sicher habt ihr auf eurer Seite so was wie Psychologen oder Geistheiler, die den Neuangekommenen im Reich der Toten den Weg zeigen. Wende dich an so jemanden.‹

›Ich kann andere Geister nicht sehen.‹

›Wie kommst du darauf?‹

›Hat mir der Junge gesagt.‹

Julia machte eine abwehrende Handbewegung.

›Du meinst Luca? Er ist ein Kind. Bist du ein Kind? Nein.‹

›Er hat gesagt, ich sei noch frisch, ein Totenbaby.‹

Julia atmete geräuschvoll aus.

›Bei den Toten läuft das anders‹, sagte sie. ›Erst kommt der Dreitagesrückblick, dann fangt ihr mit dem Alter an, das ihr zuletzt auf der Erde gehabt habt, und schreitet rückwärts. Wie alt bist du geworden?‹

›Sechsundsechzig.‹

›In dem Fall wirst du zweiundzwanzig Jahre in einer Zwischenwelt sein, wo du dein Leben verarbeitest, ehe du in den Bereich gehst, der für dich bestimmt ist.‹

›Woher willst du das wissen?‹

Sie nahm ihre Halskette in die Hand und drehte sie nach links. ›Ich reime mir das aus dem zusammen, was mir Verstorbene erzählen. Auch wenn das oft widersprüchlich klingt.‹ Sie nahm einen Schluck Kaffee. ›Die Geister lösen sich normalerweise binnen weniger Tage vom Körper und können dann anfangen, die Diesseitserlebnisse zu verarbeiten. Du hältst dich aber an ihm fest.‹ Sie langte nach mir, ihre Hand glitt durch mich hindurch. ›Aber dein Körper ist bloß noch deine Einbildung.‹

›Die Kinder können mich berühren.‹

›Du weist das Jenseits ab, das täuscht sie.‹

Sie leerte die Tasse in einem Zug und stellte sie auf den Tisch zurück. ›Seit wann weißt du, dass du tot bist? Von Anfang an?‹

Ich schüttelte den Kopf.

›Aber jetzt ist es dir klar?‹

Ich zuckte mit den Schultern.

›Nicht? Was bist du denn deiner Meinung nach?‹

›Die ersten Monate … in meinem Haus …‹ Ich musste mir den Hergang in Erinnerung rufen.

›Erzähl, das interessiert mich.‹

›Ich hatte immer das Bild vor mir, wie ich Sekunden nach dem Unfall dagelegen habe, derart verrenkt und ein Arm teilweise abgetrennt. Doch wie hätte ich das sehen können? Ich stand zu Hause und hörte die Wanduhr im Bastelraum meiner Frau ticken. Ich erinnerte mich nicht, ins Krankenhaus eingeliefert worden zu sein. Also habe ich das Bild als verborgenen Todeswunsch abgetan. Auf einmal kamen zwei schlaksige Männer und trugen meine Möbel aus dem Haus, auch meine Bücher, Kleider, sogar meine Zahnbürste und die Seife aus dem Badezimmer. Und dann fiel gestern diese Familie mit zig Umzugskartons in mein Haus ein. Ich habe meinen Winkel verlassen und bin zu dem Familienvater gegangen, als er gerade allein war und die Kinder mit der Mutter in der Küche waren. Ich habe von ihm Auskunft verlangt, weshalb er einfach mein Haus in Beschlag nimmt. Er hat mich aber nicht gehört, er ist durch mich durchgegangen und hat getan, als würde ich überhaupt nicht da stehen.

Da habe ich gemerkt, dass mit mir was passiert ist. Und heute Morgen, als der Brief kam, habe ich zum ersten Mal gehört, dass ich vor einem Jahr gestorben bin. Glauben kann ich das nicht.‹

Sie nickte und zog an ihrer Halskette. ›Okay, ich nehme dich als Klienten an.‹ Sie hielt die Hände vor die Brust und flüsterte: »Mein erstes Mandat von drüben.«

DER ÜBUNGSRAUM

Als ich nach Hause kam, spielten die Kinder immer noch im Flur meines Hauses. Hinter der verschlossenen Küchentür schepperten Töpfe.

›Kannst du jetzt Geister sehen?‹, fragte mich Sarah.

›Julia hat mir Übungen aufgegeben.‹

Sarah beugte sich wieder über das Haus aus Holzklötzen. Luca sah zu mir auf.

»Habt ihr einen leeren Raum?«, fragte ich ihn.

Er rief nach hinten, zum Wohnzimmer, wo der Vater immer noch hantierte: »Er fragt, ob ein Raum leer ist.«

Ich konnte nicht durch die Wand sehen. Ich sah nur, was ich zu Lebzeiten gesehen hatte, wenn ich im Flur gestanden hatte.

Der Vater kam heraus. »Wofür braucht euer Geist einen leeren Raum?«

Der Junge schaute mich fragend an.

»Julia hat mich ermahnt, die Übungen nicht zwischen Möbeln durchzuführen.«

Der Junge sah auf den Vater. Der hatte nichts gehört.

»Er muss üben«, erklärte Luca und beugte sich wieder über die Klötze.

»Was soll er denn üben?«, fragte der Vater.

»Wie man Geister sieht«, sagte Luca. »Du könntest gleich mitmachen.«

»Mama auch«, rief das Mädchen.

»Ein Geist, der keine Geister sieht?« Der Vater schüttelte den Kopf.

Die Kinder reagierten nicht.

»Nehmt euch ein Beispiel an ihm.« Der Vater ging ins Wohnzimmer zurück.

»Du kannst ja aus einem Raum die Kartons raustragen«, sagte Luca und erhob sich. »Ich helfe dir.«

›Ich auch‹, dachte Sarah und stand ebenfalls auf.

Ich folgte den Kindern ins erste Stockwerk.

»Hier oben sieht dich Papa nicht«, flüsterte Luca und stieg über die Umzugskartons.

»Er sieht mich sowieso nicht«, flüsterte ich zurück.

»Aber plötzlich vielleicht doch. Mama hat gesagt, wenn Geister was üben, hilft das den Menschen auch.«

Das Zimmer, in das mich die Kinder führten, war genauso mit Umzugskartons verstellt wie der Flur. Sie begannen, an dem vordersten zu zerren.

»Hilf doch.« Luca keuchte.

»Wie denn?«, fragte ich.

»Ach ja.« Luca ließ vom Karton ab. »Wir müssen Papa holen.«

Das Mädchen boxte das Fäustchen in den Rumpf des Jungen und zischte: »Nein, Mama.« Sie kletterte über die Kartons zur Treppe zurück.

»Aber Papa will nicht, dass wir Mama stören«, flüsterte Luca.

Sarah hatte die Treppe erreicht und tappte hinunter. Die Mahnung der Mutter, die Küchentür zu schließen, drang herauf. Nach einer Weile kamen schwere Schritte die Treppe hoch.

Sarah kletterte über die Kartons zu uns, ihr Vater wollte sich an einem Umzugskarton vorbeidrücken, konnte aber nicht. Er hob den Karton hoch und stapelte ihn auf einen anderen, der im Zimmer gegenüber der Treppe stand. Er hob weitere Kartons weg.

Wir schauten zu. Luca fasste meine Hand.

Als der Vater den halben Flur von den Kartons befreit hatte, sagte er: »Ich hoffe, das genügt eurem Geist.«

Luca zog an meiner Hand und sah mich fragend an.

Ich schüttelte den Kopf.

»Er sagt, er braucht mehr Platz.«

»Ich muss ein verschließbares Zimmer haben«, sagte ich.

»Er will dieses Zimmer«, sagte Sarah und zeigte hinter sich ins Zimmerinnere.

»Hat euer Geist auch einen Namen?«, fragte der Vater.

Luca schaute zu mir auf und flüsterte: »Bambell?«

Ich nickte.

»Bambell«, sagte Luca und strahlte.

»Soso, Bambell«, erwiderte der Vater. »Hätte ich mir denken können. – Kommt, lasst euren Geist hier oben allein.« Er trottete die Treppe hinunter.

Luca schaute mich an und zuckte mit den Achseln. Ich ebenso. Die Kinder kletterten über die Kartons und überholten auf der Treppe den Vater.

Reichte ein halb geräumter Flur?

Ich stellte mich aufs freie Parkett und begann mit der ersten Übung. Ich sollte möglichst schnell möglichst viel Luft einatmen und sie anschließend so langsam wie möglich wieder aus meiner Lunge herauslassen. Dabei sollte ich die flachen Hände auf meine Brust legen.

Ich konnte sie nirgendwohin hinlegen, meine Hände und meine Brust waren nicht da.

Ich probierte, die Übung ohne die Hände zu machen. Doch ich stellte fest, ich konnte auch nicht einatmen.

Das kam womöglich daher, weil ich in keinem geschlossenen Raum war. Ich schüttelte den Kopf.

Wahrscheinlich schüttelte ich den Kopf nicht, ich hatte keinen, zumindest keinen, den ich berühren konnte. Ich fuchtelte mit den Händen an der Stelle, wo mein Kopf sein sollte. Ich konnte auch nicht mit den Händen fuchteln. Aber es fühlte sich so an, als fuchtelte ich mit den Händen, als schüttelte ich den Kopf.

Ich ging ins hintere Zimmer, wohin ich mich stets zurückgezogen hatte, wenn ich nichts mehr von der Welt wissen wollte. Was in den letzten Jahren beinahe täglich vorgekommen war. Aber ich konnte die Tür nicht schließen.

Die Kinder spielten immer noch im Erdgeschoss auf dem Flur.

›Welches Zimmer bekommt ihr?‹, fragte ich das Mädchen, als ich wieder unten war.

›Das hintere.‹

»Sagt er was?«, fragte der Junge.

»Welches Zimmer ich bekomme. Das hintere.«

»Und ich das daneben. Dort, wo du üben willst.«

»Kannst du mir helfen, die Tür zu schließen?«, fragte ich den Jungen.

Luca stand auf. »Der Raum ist aber nicht leer.« Er tappte die Treppe hoch. Das Mädchen folgte ihm. Ich hinterher.

Oben wollte er die Tür schließen, aber ein Karton stand im Weg.

›Du darfst auch in meinem Zimmer üben‹, dachte das Mädchen und zeigte auf das kleine Bücherzimmer, das angrenzte.

Ich guckte hinein, die Bücher waren weg. Dafür türmten sich auch hier die Umzugskartons. Und die Tür war ebenso verstellt.

›Soll ich Mama fragen, ob sie die Kartons rausnimmt?‹, fragte das Mädchen und stürmte die Treppe hinunter.

»Jetzt reicht's«, drang die Stimme des Vaters herauf. »Luca, komm sofort runter. Ihr spielt neben mir im Wohnzimmer.«

Luca warf mir einen besorgten Blick zu und schlich zur Treppe. Ich ging in Lucas Zimmer, doch das Üben funktionierte nicht. War es, weil ich hier zu Lebzeiten so viele Stunden in bedrückter Stimmung verbracht hatte?

Es klingelte an der Haustür. Ich eilte die Treppe hinunter in der Hoffnung, der Postbote wäre zurückgekommen. Der Vater öffnete die Tür, die Kinder standen links und rechts von ihm. Ich blieb auf einer der unteren Treppenstufen stehen. Es war Julia. Die Kinder sprangen an ihr hoch und deuteten auf mich.

»Kommst du wegen dem Geist?«, fragte der Vater.

Julia nickte. »Er findet sich noch nicht zurecht. Ich helfe ihm.«

»Kannst du das bitte bei dir zu Hause erledigen?«, fragte der Vater.

Sie nickte erneut, sah zu mir herauf und lächelte.

›Geht's?‹

Ich schüttelte den Kopf und glitt die restlichen Stufen hinunter.

Auf dem Weg zu Julias Wohnung erklärte ich ihr, dass ich die Übungen nicht ausführen konnte ohne Arme und Beine und ohne eine Brust, die ich mit Luft füllen sollte.

Sie schüttelte den Kopf. ›Du musst dir deinen Körper vorstellen.‹ Immer noch schüttelte sie den Kopf. ›Das ist doch klar, du kannst keine Luft einatmen. Die Luft geht durch dich durch, nein, sie ist für dich überhaupt nicht da. Du existierst in einer anderen Dimension.‹

›Nun ja. Und wie soll ich mir die Übungen vorstellen?‹

›Lass sie. Ich habe dich überfordert.‹

›Hast du andere Übungen, mit denen ich die ersten begreifen lerne?‹

›Du bist eine Seele, die im Moment nichts begreift. Sorry, das sagt mir meine Erfahrung mit anderen Verstorbenen. Dass du ausschließlich hier bei uns bist, ist ein Fehler. Dir ist nicht klar, wie du dich verhalten sollst.‹

›Das hat mir auch niemand erklärt.‹

Sie ging nicht darauf ein, sondern fragte mich über die letzten Tage vor dem Unfall aus. Und sie fragte, ob ich ein Testament geschrieben hatte. Hatte ich nicht. Ich schilderte ihr, wie ich als unbeteiligter Fußgänger ums Leben gekommen war. Sie wollte wissen, ob ich eine Krankheit hatte, durch die ich sowieso bald gestorben wäre. Ich verneinte. Sie drehte an ihrer Halskette.

›Irgendwas ist passiert, sonst würdest du auf die Hellsehenden nicht so gegenständlich wirken und gleichzeitig so materiedistanziert sein‹, dachte sie. ›Denk nach!‹

›Vielleicht weil es mir in den letzten Jahren nicht so gut gegangen ist‹, dachte ich.

›Wohl kaum‹, dachte sie. ›Der Seelenzustand während des Lebens spielt nach meinem Wissen für die nachtodliche Erscheinung keine Rolle. Trotzdem, erzähl!‹

›Was soll ich erzählen? Ich war die letzten fünf Jahre Witwer.‹

»Aha!«, rief sie aus und dachte: ›Und hast keine neue Partnerin zugelassen. Du hast an deiner Frau gehangen.‹

Ich nickte, froh, dass wir etwas gefunden hatten.

Sie schüttelte den Kopf. ›Von so einem Lebensende habe ich schon oft gehört. – Hast du seit dem Abschied deiner Frau einen Todeswunsch verspürt?‹

Ich bejahte.

›Sicher?‹, fragte sie nach.

Warum glaubte sie mir nicht?

›Was hast du denn in den Jahren als Witwer gemacht?‹

Ich zuckte die Achseln.

›Du musst ein enorm sturer Zeitgenosse gewesen sein.‹

›Nun ja, ein Mann mit eigener Meinung wirkt auf andere stur. – Was meinst du damit?‹

›Wenn einer nach dem Tod seiner Partnerin einen Todeswunsch empfindet, stirbt er oft selbst in wenigen Wochen. Außer er hat noch eine unerledigte Aufgabe vor sich oder … er ist ein Sturkopf, der keine Ahnung vom Tod hat.‹

Ich erwiderte nichts. Was hätte ich sagen sollen? Sie führte ihren Gedanken nicht weiter aus.

›Vielleicht hatte ich eine geistige Krankheit, die zu Lebzeiten nicht aufgefallen ist?‹

›Hattest du eine?‹

›Nein. Ich war ganz normal.‹

Sie kickte einen Stein fort, der auf dem Bürgersteig lag. ›Wo war die Beerdigung? Du bist doch beerdigt worden?‹

›Ich habe vor vier Jahren die Parzelle 4a auf dem *Hornellfriedhof* gekauft.‹

»Ist das nicht ein Urnenreihengrab!« Julia zog die Haare selbstvergessen in die Höhe.

Eine Passantin mit Einkaufstaschen sah herüber.

›Oha‹, dachte Julia. ›Du bist verbrannt worden? Jetzt wird's schwierig.‹

Die Séance

Wir saßen bestimmt eine halbe Stunde lang in
Julias abgedunkeltem Wohnzimmer. Sie hock-
te im Schneidersitz da, die Hände nach oben
offen und auf die Knie gelegt. Die Augen hatte sie geschlossen, den Kopf dem Boden zu-
geneigt und murmelte unverständliche Worte.

Ich hatte sie zuvor gefragt, was denn an einer
Urnenbestattung schwierig ist, und sie hatte
gesagt, wenn einer verbrannt wird, wird sein
Weg auf der anderen Seite steiniger. Und sei
er außerdem stur, kann er es vergessen. Aber
sie habe das nur so gehört, einem Betroffenen
begegnet ist sie noch nie. Näher ging sie nicht
darauf ein.

Ich stand auf und glitt zum Fenster, versuchte durch einen Spalt im Vorhang auf die
Straße hinunterzuspähen. Eine Straßenbahn
ratterte vorbei, ein Buick überholte sie. Ich sah
nur einen kleinen Ausschnitt, hörte jedoch das

Verkehrstosen deutlich durchs geschlossene Fenster.

»Ich bekomme keinen Kontakt.« Julia stellte sich neben mich und wollte meine Schultern berühren. Ihre Hand glitt wie immer durch mich hindurch.

»Vielleicht klappt's, wenn der Verkehr nachlässt.« Ich war dankbar, weil sie sich meiner annahm, aber ich klang vorwurfsvoll.

»Hier herrscht immer Verkehr.«

»Kannst du mich nicht berühren?«, fragte ich. »Die Kinder können …«

»Ja, die Kinder«, sagte sie gereizt. »Für sie ist alles unkompliziert. Willst du zu den Kindern?«

»Wozu die Séance? Hol doch einfach den Brief.«

»Lass endlich diesen blöden Brief! Wir müssen in dein Seelenzentrum vordringen, dorthin, wo deine Lebensgeschichte verankert ist.«

»Das sehe ich anders, im Brief steht vielleicht, was ich tun soll.«

»Widersprich mir nicht ständig. Ich muss Verstorbene finden, die dich zu Lebzeiten kannten, ich muss sie fragen, ob sie im Reich der Toten gehört haben, warum du bei uns so plastisch erscheinst. Seelen, die sich früher mit dir über dies und jenes gefreut haben, dich ertragen mussten. Der Hintergrund eben.«

»Du hast doch gesagt, das Leben hier hat keinen Einfluss auf das Geistdasein.«

»Ja, deine früheren Handlungen haben wenig Einfluss. Deine Beweggründe sehr wohl. Die wandeln sich in der ersten Phase des Todes in Wegweiser um.«

»Nun denn«, sagte ich. »Aber können wir nicht einfach den Brief …«

»Es ist viel komplizierter, als du meinst. Vielleicht kann ich deshalb keinen Kontakt kriegen, weil du alles besser weißt.«

Ich guckte sie stumm an.

»Geh in die Küche, möglicherweise geht's, wenn du nicht danebenstehst.«

Ich glitt in die Küche. Julia schloss hinter mir die Tür, auch die Wohnzimmertür schloss sie. Nach einer Weile glitt ich durch beide Türen und sah Julia auf dem Boden sitzen, den Kopf nach unten geneigt.

Ich glitt ins Treppenhaus und eine Etage höher in eine andere Wohnung. Im Wohnzimmer lag ein Mann auf dem Sofa und schnarchte. Auf dem Tisch lagen drei Rechnungen: Elektrizität, Hausratversicherung und eine Abonnementserneuerung der Zeitschrift *Verandagärten*. Ich ging zu Julia zurück.

Sie empfing mich im Flur, die Arme in die Seiten gestützt. »Wo bist du gewesen?« Das klang energisch.

»Ich habe mich ein bisschen umgeschaut. Hat's geklappt?«

»Nein.«

»Vielleicht weil exakt über dir jemand schnarcht.«

»Bist du bei Hans gewesen? Was fällt dir ein, meine Nachbarn auszuspionieren! Du gehst mir langsam auf den Keks.«

»Entschuldige, er hat mich nicht gesehen. Er schlief.«

»Dir wäre es auch unangenehm, wenn jemand im Schlaf an dein Bett tritt, oder?« Sie drehte sich um und ging in die Küche.

Ich folgte ihr.

»Heute geht's sowieso nicht mehr«, sagte sie. »Ich bin nicht in Stimmung.«

»Kannst du nicht für mich bei der Post …«

»Du nervst.« Sie machte sich einen Kaffee, schüttete Unmengen Milch dazu und trank ihn in einem Zug aus. »Also gut, ich hole den Brief. Aber dann hörst du endlich damit auf.«

Sie trampelte in den Flur und zog sich die Schuhe an.

Die Postangestellte wollte nicht nachschauen, ob ein Brief für mich zum Abholen bereitlag, Julia sei nicht verwandt, sagte sie.

»Sag, du hast die Erlaubnis«, sagte ich.

Julia sagte es, die Postangestellte schüttelte den Kopf und zeigte auf den Bildschirm. »Herr Bambell hat bei uns niemanden bevollmächtigt. Haben Sie einen Erbschein oder eine notariell beglaubigte Vollmacht?«

»Wir holen uns einen Nachweis«, sagte ich auf dem Rückweg.

»Wie denn?«

»Ich kenne jemanden, der im städtischen Erbschaftsamt arbeitet. Er gibt uns sicher eine Vollmacht.«

»Wie willst du das machen? Oder ist dein Bekannter auch ein Medium? Dann geh doch gleich zu ihm.« Julia drehte mir den Rücken zu.

»Du hilfst mir doch?«

»Im Moment habe ich zu nichts Lust. Komm morgen wieder.«

Ich ging zum Erbschaftsamt.

Mein ehemaliger Kollege saß auf seinem Bürostuhl und versank in der überdimensionierten Rückenlehne, darüber hatte er seinen Kittel gehängt. Er telefonierte.

Ich winkte und rief, er bemerkte mich nicht.

Ich war auf Julia angewiesen. Wobei – auch die Mutter der Kinder konnte mich hören.

DIE MUTTER

Ich huschte durch den Flur meines okkupierten Hauses. Die Kinder spielten im Wohnzimmer.

»Da ist er wieder«, rief der Junge.

Das Mädchen sagte: »Pscht!«

In der Küche saß die Mutter auf einem Karton, die Arme auf dem Tisch, den Kopf daraufgelegt.

»Hallo«, flüsterte ich.

Sie richtete sich auf. Ihre Wangen waren nass. Sie fuhr sich mit einem Taschentuch über die Augen.

»Ist was?«, fragte ich möglichst einfühlsam. Doch wie schon zu Lebzeiten, wenn ich etwas Einfühlsames sagen wollte, klang es hölzern.

Sie gab mir keine Antwort, sondern fragte nur: »Wie war es bei Julia?«

»Sie ist von mir genervt.«

Sie nickte. »Sie ist schnell genervt. Auch bei mir ist sie so, wenn ich keine Fortschritte mache in einer Séance. Ihre Schwäche. Dafür kann sie mit Geistern kommunizieren.« Die Mutter stöhnte.

»Sie auch«, sagte ich.

Sie schüttelte den Kopf, den Blick immer noch auf den Tisch gerichtet. »Nur mit Ihnen.« Sie richtete sich auf und schaute in meine Richtung, sah jedoch an mir vorbei. »Warum eigentlich?«

Ich zuckte mit den Achseln. Pause.

»Sind Sie noch da?«, fragte sie.

»Können Sie mich wirklich nicht sehen?«, fragte ich.

Sie schüttelte den Kopf und legte ihn wieder auf die Arme. »Nur hören. Nein, auch das nicht. Ich bilde mir das bloß ein.«

»Ich bin keine Stimme aus Ihrem Inneren. Fragen Sie doch Ihre Kinder.«

»Nein«, sagte sie leise, den Kopf immer noch auf den Armen. »Xaver meint es ernst. Er ruft die Pathoklinik an, wenn ich weiter von einer Kontaktaufnahme erzähle.«

»Pathoklinik?«

»Die Psyche, pathologische Klinik.«

»Und Xaver ist Ihr Mann?«

Sie nickte. Dann sagte sie: »Ja.«

»Wissen Sie was? Ich komme nicht mehr her. Dann müssen Sie auch keine Stimmen mehr hören. Nur …«

»Entweder bin ich krank, oder ich höre tatsächlich Verstorbene«, flüsterte sie.

»Sie sind nicht krank.«

»Und was nützt es mir, wenn Sie gehen? Vielleicht hat sich in mir ein Kanal geöffnet und ich höre nun, was die Verstorbenen sagen.«

»Können Sie mir noch einen kleinen Dienst erweisen? Dann gehe ich endgültig.«

Ich wusste zwar nicht, wohin ich gehen sollte, doch wenn sie mir half, war es nur recht, sie und ihre Familie in Ruhe zu lassen.

»Welchen Dienst?«, fragte sie langgezogen, ohne aufzusehen.

»Können Sie den Brief an mich in Empfang nehmen? Ich kann nichts greifen.«

»Welchen Brief?«, fragte sie gleich langgezogen.

»Heute Morgen kam ein Postbote und …«

»Ach ja«, sagte sie. »Der geht an Ihre Tochter. Sie haben doch eine Tochter?«

Ich nickte. Nach einer Weile sagte ich: »Aber meine Tochter wirft ihn ungelesen weg. Sie lehnt alles ab, was mit mir zu tun hat.«

Die Frau schwieg.

»Ich habe auch einen Sohn«, sagte ich. »Ich weiß nicht, wo er lebt.«

Sie hob den Kopf.

»Er hat vor elf Jahren mit mir gebrochen.«

»Tut mir leid«, sagte sie und legte den Kopf wieder auf die Arme.

»Meine Tochter auch. Sie hat den Kontakt zu mir ebenfalls abgebrochen. Vor vier Jahren. Ein Jahr nachdem meine Frau gestorben ist. Bei ihr ist es endgültig. – Vielleicht können Sie für mich die Adresse meines Sohnes herausfinden. Dann kann man den Brief an ihn …«

»Haben Sie nicht längst selbst versucht, seine Anschrift herauszufinden?«

»Nein, ich …« Konnte ich es ihr anvertrauen? Es war mir furchtbar peinlich. »Eigentlich war ich es, der mit ihm gebrochen hat.«

Sie nickte. Eine lange Stille entstand. Dann fragte sie in meine Richtung: »Und er wollte nicht?«

»Doch. – Nein. Die letzten beiden Male, als wir geredet haben, hatte er Tränen in den Augen. Na ja. Reden konnten wir eigentlich nicht mehr, nur dastehen. Und das Letzte, was ich vor sieben Jahren über ihn gehört habe, war, dass er die Stadt verlassen hat. Südamerika.«

»Inzwischen ist er bestimmt zurück und wohnt irgendwo in der Nähe. Fragen Sie doch Ihre Tochter.«

Ich schüttelte den Kopf. »Sie will nichts mehr von mir wissen.«

»Hat Ihr Sohn Familie? Kinder?«

»Nein, Kinder nicht, soweit ich weiß. Aber er war mal verheiratet, lange vor der Weltreise. Sie hat ihn nach drei Jahren verlassen. Er war auch nicht der Einfachste.«

»Sie meinen, Sie waren auch schwierig?«

»Nun … Ja«, sagte ich leise.

»Das sehen Sie jetzt ein? Wo Sie tot sind?«

Ich zuckte mit den Schultern, aber das konnte sie nicht sehen. Ich wollte etwas sagen, sie kam mir zuvor: »Wie haben Sie Ihren Rückblick erlebt? Haben Sie im Nachhinein die schwierigen Momente verstehen können? Sie hatten es bestimmt nicht leicht.«

»Welchen Rückblick? Es gab keinen Rückblick.«

»Nicht?«

Ich schüttelte den Kopf.

Nach einer Weile meinte sie: »Julia sagt, ein Mensch durchlebt in den ersten drei Tagen sein Leben noch mal und sieht ein, was er falsch und was er richtig gemacht hat.«

»Ich nicht!« Ich hörte Trotz in meiner Stimme. »Ich weiß auch so, was ich falsch gemacht habe. Vielleicht ein paar unwesentliche Dinge. Wer tut das nicht?«

Sie nickte.

»Also, helfen Sie mir jetzt? Geben Sie der Post meinetwegen die Adresse meiner Tochter. Sie kennen sie doch? Mir ist sie entfallen.«

Die Mutter stand auf, schlurfte aus der Küche und blieb auf der Schwelle zum Wohnzimmer stehen. »Dieser Brief«, sagte sie ins Wohnzimmer hinein. »Kennst du die Adresse seiner Tochter?«

Ich kam näher und sah ihr über die Schulter. Die Kinder spielten konzentriert am Boden, der Vater hielt ein Buch am Rücken, blies es an und schüttelte anschließend die Seiten nach unten aus. »Ich konnte vorhin so schnell die Adresse nicht weitergeben. Aber sie ist als Erbin registriert.«

»Hast du ihre Anschrift?«

»Sie ist in einer der Kisten auf dem Schreibtisch.« Er nickte mit dem Kopf zum Fenster. Dort stand ein massiger Tisch, darauf drei Umzugskartons.

Die Mutter wühlte in dem mittleren und zog ein Papier heraus.

»Sei vorsichtig, wenn du anrufst«, sagte der Vater. »Sie überlegt noch, ob sie einen Teil der Notargebühren freiwillig übernimmt.«

»Ich rufe nicht an, ich will nur die Adresse parat haben, falls wieder was für den früheren Besitzer abgegeben wird.«

Wir gingen in die Küche zurück und sie schloss die Tür.

»Hier, ihre Adresse.« Sie streckte den Zettel Richtung Fenster. »Der Brief wird wahrscheinlich an sie weitergeleitet.«

»Danke. Aber ich weiß nicht, ob sie mich sehen will«, sagte ich.

»Sie sieht Sie sowieso nicht, oder?«

»Wohl kaum. Aber wenn Sie mich auch nicht hören kann, kann ich sie nicht darum bitten, den Brief aufzumachen und mir hinzuhalten. Können nicht Sie … Da ist eine Telefonnummer auf der Notiz.«

Sie sah sich das Papier an, nahm ihr Handy und gab die Nummer ein.

»Honigmeyer!« Das klang schroff. Meine Tochter.

»Guten Tag, hier ist Gampler. Wir haben Ihr Haus gekauft.«

»Ja?«

»Soll ich ein andermal anrufen?«

»Ist es wegen der Gebühren? Ich habe mich noch nicht entschieden.«

»Es geht um einen Brief. Ein Postbote ist bei uns vorbeigekommen und hat Ihrem seligen Vater einen Brief übergeben wollen. Seine Briefe werden doch an Sie weitergeleitet?«

»Ich habe den Nachsendeauftrag vor einem halben Jahr gestoppt. Wann war der Bote da?«

»Heute Morgen.«

»Danke für die Info. Wenn der Brief von der Behörde ist, wird er mich schon erreichen.«

»Ja, es ist nur … Können Sie den Brief, wenn er bei Ihnen ankommt, irgendwo offen hinlegen?«

»Warum denn das?«

»Das macht man so. So kann der Verstorbene den Brief von oben lesen.«

»Mein Vater ist tot.«

»Sicher. Aber vielleicht hat er ab und zu ein Auge auf Sie. Sie sind immerhin seine Tochter gewesen.«

»Meinen Sie, er interessiert sich noch für einen Brief? Für mich hat er sich nicht interessiert.« Ihre Stimme klang brüchig.

»Der Tod kann vieles ändern«, sagte die Frau. »Vielleicht hat der Übergang in Ihrem Vater eine Sehnsucht geweckt.«

»Nach mir?« Sie lachte glucksend.

Dann verabschiedeten sie sich.

»Also«, sagte die Mutter. »Ich habe getan, was ich konnte. Sie haben ihre Adresse und können in den nächsten Tagen den Brief lesen.«

»Danke«, sagte ich.

»Und ja, bitte erscheinen Sie nicht mehr vor meinen Kindern. Sie können sich nicht zurückhalten. Wenn sie von Ihnen sprechen, macht das Xaver nur unnötig wütend.«

»Aber die Séance heute Abend bei Julia, gilt das noch?«

Sie setzte sich wieder, legte die Arme auf den Tisch und vergrub den Kopf darin. »Besser nicht«, murmelte sie in die Arme. »Gehen Sie jetzt.«

Ich warf noch einmal einen Blick auf den Zettel, den sie auf den Fenstersims gelegt hatte.

BAMBELLS TOCHTER

Ich ging umgehend zu meiner Tochter. Wie hieß sie gleich? Dass ich mich nicht mehr daran erinnern konnte, selbst kurz nachdem ich ihren Namen gesehen hatte! Mein Sohn hieß Kurt. Das fiel mir gerade ein.

Meine Tochter sah oder hörte mich nicht. Und am nächsten Tag kam kein Brief, am übernächsten auch nicht. Ich bewachte ständig im Flur die Eingangstür und wich meiner Tochter weiträumig aus. Es war mir unangenehm, so viele Stunden in ihrem Haus zu sein. Reue oder gar Sehnsucht, wie die Familienmutter angesprochen hatte, fühlte ich nicht. Das Telefon klingelte.

»Honigmeyer!«

Ich trat näher.

»Sie wieder? Ich habe mich noch nicht entschieden.« Meine Tochter hielt inne, lauschte, fragte: »Mein Vater? Sie sind verrückt!«, und schmetterte den Hörer auf die Gabel. »Ob mein Vater bei mir ist, er soll zurückkommen«, murmelte sie vor sich hin.

Man rief mich! Ich stürzte los. Ich konnte nicht fliegen, auch nicht denken, ich sei wo, und schwupp! war ich dort. Ich musste mich vorwärtsschieben, wie Lebende gehen. Und das Schieben vollzog sich im Schritttempo, eher langsamer. Und zu Fuß dauerte der Weg zu mir auf diese Weise eine Stunde, also stieg ich in die Fünf.

Die Straßenbahn fuhr ohne mich los. Während die anderen Fahrgäste durch mich durchgingen, blieb ich an der gleichen Stelle und stand nach wenigen Sekunden im Gleisbett. Fahrzeuge überrollten mich. Das tat zwar nicht weh, aber unangenehm war es doch. Ständig blitzte Blech auf, Zigarettenqualm blies vorüber oder es knirschten Zähne an mir vorbei, wenn ein verkrampfter Jüngling durch mich hindurchfuhr. Ich schob mich zum Bürgersteig und *wanderte* halt *zu Fuß* los.

Die Zimmer waren noch immer mit Umzugskartons zugestellt. Der Vater stand im Wohnzimmer, blies Staub von einem kleinen Schemel und packte ihn in einen Karton. Die Kinder spielten vor ihm auf dem Boden mit ihren Klötzen, die Rücken mir zugekehrt.

Ich glitt durch die Küchentür. Die Mutter nahm gerade zwei Kochtöpfe aus einem Karton, begutachtete sie und verteilte sie in neue Kartons. Den kleineren dorthin, den größeren dahin.

»Hallo«, sagte ich.

»Herr Bambell! Gut, dass Sie kommen. Julia sucht Sie.« Sie horchte zur Tür.

»Soll ich zu ihr gehen?«, fragte ich nach ein paar Sekunden.

»Ja, unverzüglich. Ich rufe gleich an, dass Sie kommen.« Sie tastete ihre Hosentaschen nach dem Handy ab.

»Er ist zurück. – Ja, er war bei seiner Tochter.« Sie sah in meine Richtung und fragte: »Stimmt doch?«

Ich bejahte.

»Ja«, sagte die Mutter ins Telefon.

Sie steckte das Telefon in die Hose zurück. »Sind Sie schon weg?«

»Nein, ich bin noch da.«

»Gehen Sie, gehen Sie! Julia wartet auf Sie.«

»Darf ich Sie was fragen?«

Die Mutter öffnete einen anderen Karton und wühlte darin.

»Warum stellen Sie die ausgepackten Gegenstände nicht dahin, wo sie hingehören? Warum packen Sie sie bloß von einem Karton in einen anderen?«

Die Mutter hob den Kopf. »Was soll die Frage? Wir sind dabei einzuziehen.« Sie holte drei hölzerne Kochlöffel aus einem Karton und sah sich die breiten Enden an.

»Ziehen Sie wieder weg?«

»Was für komische Ideen Sie haben. Sie sehen doch, dass wir auspacken. Seit drei Tagen packen wir aus.«

»Ich sehe Sie nicht auspacken, sondern umpacken.«

»Dann schauen Sie nicht richtig hin.«

Ich glitt in den Flur, kam jedoch noch einmal zurück, bedankte mich für ihre Hilfe und verschwand endgültig.

Julia erwartete mich hinter der angelehnten Wohnungstür.

›Endlich, das hat gedauert‹, dachte sie, gab der Tür einen Schubs und zeigte in die Wohnung.

Diesmal hatte sie eine enge Jeans an. Was hatte sie vorgestern angehabt? Ich hatte es mir nicht gemerkt. Der Hosenknopf der Jeans war offen.

Ich zeigte darauf und schlich an ihr vorbei ins Innere.

›Kommst du, um mich zu kritisieren?‹, fragte sie. ›Die Hose ist mir zu eng geworden. Wir sind ja zu Hause. Oder stört es dich?‹

Ich stellte mich zwischen Wohnzimmer und Küche auf, sie zeigte ins Wohnzimmer.

›Ich habe Kontakt bekommen. Der Emitter ist nicht mit dir verwandt, hat dich zu Lebzeiten auch nicht gekannt. Er ist der Bote. Und er hat zugestimmt, dir den Brief nochmals zu zeigen.‹

Ich bedankte mich.

›Die Nachricht kommt tatsächlich aus dem Reich der Toten, aber so wichtig ist sie auch wieder nicht, hat er gesagt. Erwarte also keine Offenbarung.‹

Meine Stimmung blieb gehoben.

›Ich konnte dich ohne Blickkontakt und nur mit Gedanken nicht erreichen. Öffne dich doch! Ich dachte, du suchst die Verbindung zu mir.‹

Ich sah mich im Zimmer um, der Vorhang war bereits zugezogen.

›Sorry, wenn ich dich mit solchen Fragen bombardiere. Ich will dich einfach verstehen.‹

Ich nickte.

›Noch eine Frage: Du bist bei deiner Tochter gewesen? Wie bist du auf die Idee gekommen, dass der Bote ihr den Brief geben wird? Du hast doch von Anfang an vermutet, dass die Nachricht von drüben kommt, oder?‹

›Deine Mutter hat das arrangiert.‹

›Wohl kaum. Diese Mitteilung kann ein Lebender nicht sehen. Oder hat deine Tochter mediale Fähigkeiten?‹

Ich musste widersprechen. ›Der neue Besitzer konnte den Brief auch sehen.‹

»Du nervst mit deinen ewigen Widerreden«, sagte sie laut und fuhr in Gedanken fort. ›Mag sein, dass der Bote einen leeren Umschlag in der Hand gehalten hat, das tun sie gelegentlich. Die Nachricht selbst zeigt er nur dir.‹

Sie ließ sich auf den Boden plumpsen, wies mir den Platz neben sich zu und nahm ihre Meditationshaltung ein. ›Setz dich auch so hin, sonst funktioniert es vielleicht nicht.‹

Ich machte ebenfalls einen Schneidersitz und *legte* meine Hände auf die Knie. »Sitze ich richtig?«, fragte ich. Ich schwebte wenige Millimeter über dem Boden, als dass ich saß.

Sie öffnete die Augen, begutachtete meine Stellung und dachte: ›Ja, du hast die richtige Haltung. Die Hände könntest du höher halten.‹

›Ich kann meine Knie nicht berühren.‹

Sie erwiderte nichts und schloss die Augen. Ich hob meine Hände ungefähr dorthin, wo sich meine Knie befinden mussten.

Nach einer Weile rief sie: »George, ich sehe dich! – Ja, er ist da!«

Sie legte ihre Hand auf mein Bein. Sie fiel durch und auf den Boden.

»Er ist nicht wirklich bei euch angekommen, er benimmt sich noch wie ein Diesseitiger.«

Ich senkte den Kopf.

»Aha!«, schrie sie. »Ich verstehe.«

Ich hörte sie aufstehen, sah sie die Hose richten, den Reißverschluss hochziehen, alles mit geschlossenen Augen. Sie öffnete die Augen und sagte: »George sagt, wir müssen den Vorhang aufziehen und uns ans Fenster stellen.«

Sie schob den Vorhang auf, Licht drang herein. Als sie einen Flügel öffnete, füllte Verkehrslärm das Wohnzimmer.

›Hat er gesagt, wir müssen das Fenster öffnen?‹

Sie schloss die Augen, tat meine Frage mit einer verärgerten Handbewegung ab, setzte sich auf den Fenstersims vor den offenen Fensterflügel und zeigte mit der Hand neben sich. Ich stellte mich vor den geschlossenen Flügel.

»George, ich höre dich nicht mehr, ich sehe dich nur!«

Ich sah niemanden.

»Ich soll das Fenster schließen?«

Sie drehte sich um und machte das Fenster zu, die Augen immer noch geschlossen. »Und den Vorhang?« Sie fasste ans Ende. »Nicht?« Sie sprach überlaut.

Sie zog den Vorhang zu, setzte sich wieder an ihren alten Platz und legte die Hände nach oben gekehrt auf die Knie. Alles mit geschlossenen Augen.

Ich setzte mich neben sie und senkte den Blick.

»Ja … Ja …!«, hörte ich Julia rufen.

Erneut stand sie auf. »Moment«, flüsterte sie. »Ich muss meine Hose wechseln.«

Sie verschwand. Ich erhob mich und ging in den Flur.

»Bleib draußen, ich ziehe mich gern ungestört um.« Die Schlafzimmertür war geschlossen.

Ich wartete im Flur. Es klopfte.

»Du kannst öffnen, das ist George.«

Ich glitt durch die Wohnungstür.

Im Treppenhaus stand ein Junge mit dem Brief.

»He!«, rief er, als ich durch ihn hindurchging. Er sprang rückwärts auf die Treppe zurück. »Können Sie nicht normal die Tür öffnen?« Er schaute mir direkt in die Augen, er konnte mich sehen.

»Ich kann die Klinke nicht runterdrücken.«

Hinter mir öffnete sich die Tür. Julia stand auf der Schwelle, bekleidet mit einer luftigen rotbraunen Hose.

»Toll, du bist gekommen. Das ist er.« Sie zeigte auf mich. »Herr Bambell. Seinen Vornamen kennt er nicht.«

»Dreh dich um, nur er darf den Brief lesen«, sagte der Junge.

›Schickt die Post jetzt schon Kinder?‹, fragte ich Julia.

›Das ist George. Er bedient sich bei seinen Botengängen eines lebenden Körpers. Anscheinend konnte er in der kurzen Zeit keinen Erwachsenen finden. Seien wir froh, dass er so schnell gekommen ist.‹

Julia drehte sich um. Der Junge kam die Stufen wieder hoch, zerknüllte den Brief und steckte ihn in die Hosentasche. Aus der anderen zog er ein Stück Papier hervor und hielt es mir hin. Dabei schloss er die Augen. Er hätte das Schreiben sowieso nicht lesen können, er sah nur die Rückseite des Briefes. Auf der

Vorderseite sah ich allerdings nur eine weiße Fläche. Hielt er ihn verkehrt?

»Kannst du den Brief umdrehen?«, fragte ich den Jungen.

»Nein«, sagte er. »Ich darf ihn nicht lesen.«

»Aber meine Seite ist leer.«

Er drehte das Blatt um und drückte seine Augen noch verbissener zu. »Und jetzt sagen Sie nicht mehr, was Sie sehen. Kein Wort.«

Ich schwieg. Aber auf der Rückseite stand auch nichts.

Ich trat näher, vielleicht war das Blatt mit einer hellen Tinte beschrieben. – Nichts, vollkommen leer. Ich glitt hinter den Jungen und sah mir noch mal die andere Seite an. Nichts.

Der Junge faltete das Papier zusammen, stopfte es zum Umschlag in die Tasche und rannte die Treppe hinunter. Seine Schritte hallten durchs Treppenhaus.

»Danke!«, rief Julia ihm nach. »So, jetzt weißt du es«, sagte sie zu mir. »Können wir endlich mit dem Wichtigen beginnen?«

»Mit dem Wichtigen? Der Brief ist wichtig, und darin hat nichts gestanden.«

»Psst«, sagte sie und winkte mich in die Wohnung. Sie ging voraus.

Als ich ins Wohnzimmer kam, saß sie schon wieder auf dem Boden.

›Setz dich neben mich‹, dachte sie und begann wie im Gebet fremde Worte zu murmeln.

Ich setzte mich, hielt aber die Augen offen.

Nach zwei, drei Minuten öffnete sie die Augen und strahlte mich an.

»Was hat das jetzt gebracht?«, fragte ich mit Stimme.

›Komm zur Rekapitulation. Wir trinken dabei einen Kaffee. Zumindest ich.‹

Sie erhob sich, marschierte in die Küche und machte sich an der Kaffeemaschine zu schaffen.

›Dass dir der Brief hingehalten wurde, hat deinen Bezug zur Materie verändert.‹ Sie wies auf den Hocker.

Ich streckte meinen Fuß nach ihm aus, er ging wie üblich hindurch.

Sie wandte sich wieder der Kaffeemaschine zu.

»Die Nachricht aus dem Totenreich hat bei dir nicht gewirkt«, sagte sie betont laut. »Nicht einmal lesen konntest du sie.«

Sie setzte sich mit dem Kaffee an den Küchentisch. »Egal. Sie wäre eine Liste der Dinge gewesen, die du im Leben versäumt hast. Hinweise, die du für die Wiedergeburt brauchst.«

»Wie? – Nein. – Woher weißt du das?«

»George hat es mir erzählt.«

Aus einer Nachbarwohnung hörte ich ein Kleinkind schreien.

»Wie soll er wissen, was im Brief steht? Er durfte ihn doch nicht lesen.«

»Nein. Aber George sagt, in Briefen, die er an kürzlich Verstorbene austeilt, stehen versäumte Aufgaben.«

Das Kind schrie lauter. »Kürzlich verstorben« konnte man das bei mir eigentlich nicht nennen. Ich zuckte mit den Achseln.

»Damit der Verstorbene weiß, was er auf sein zukünftiges Karma dazurechnen muss, wenn er nicht selbst darauf kommt, der sture Bock.«

Ich hatte wohl die Nase gerümpft, denn Julia fügte hinzu: »Sorry, das sind exakt die Gedankenworte von George.«

Ich beobachtete, wie ein Tropfen aus dem Auslauf der Kaffeemaschine fiel. »Glaubst du an Karma und all das Zeug?« Ich wollte mich an der Wand abstützen und glitt dabei in die Nachbarwohnung. Ein Kleinkind saß auf einem Hochstuhl und ein Mann rührte einen

Brei. Das Kind verstummte und schaute mich mit offenem Mund an. Tränen flossen ihm die Wangen hinunter, es machte keinen Pieps.

»Ja, du bekommst deinen Brei, ja«, sagte der Mann, wahrscheinlich der Vater, und rührte weiter mit einem Holzlöffel im Teller. Er probierte ein wenig. »Noch zu heiß. Viel zu heiß. Du musst warten. Kannst du noch warten?« Das Kind starrte mich unaufhörlich an. Der Mann drehte sich in die Richtung, in die das Kind starrte. Er registrierte mich nicht.

Ich ging durch die Wand zurück.

»Du flüchtest gern, wenn es ungemütlich wird, stimmt's?«, fragte Julia.

Das Kind schrie wieder.

»Ich finde mich mit der neuen Situation noch nicht zurecht.«

Sie trank den Kaffee aus und erhob sich.

»Du bist echt halsstarrig. Sehen wir uns morgen? Heute haben wir genug gemacht.«

Sie wies mir die Tür.

»Kannst nicht du den Brief …?«

»Was?«, fragte sie. »Vorlesen?«

Ich nickte.

»Du hast George gehört, ich darf ihn nicht sehen.«

Ich wog den Kopf hin und her. Zumindest fühlte es sich so an.

»Okay, ich frage George, ob er ihn mir zeigt.« Sie trabte zurück ins immer noch abgedunkelte Wohnzimmer.

Leben nach dem Tod

Julia konnte keinen Kontakt mehr zu George aufnehmen. Auch am nächsten Tag nicht, als ich wieder bei ihr war und wir es erneut versuchten.

›Die Verbindung ist aufgehoben‹, dachte sie unzweideutig. ›Erzähl von deinen Verwandten, von Freunden. Ich muss zu jemandem aus deinen Kreisen Kontakt bekommen.‹

›Reto. Mit dem habe ich lange zusammengearbeitet.‹

›Wann ist er gestorben?‹

›Er lebt noch. Muss noch ein paar Jahre arbeiten, bevor er in Rente geht.‹

Sie verzog den Mund, stand auf und ging zur Kaffeemaschine. Nachdem sie mit dem Kaffee an den Küchentisch zurückgekehrt war, sagte sie: »Wir suchen nach Verstorbenen. Wer ist vor dir gestorben?«

Ich zuckte mit den Achseln.

»Niemand?«

»Doch, sicher.«

»Also wer?«

»Es fällt mir gerade niemand ein.«

»Deine Frau?« Julia nahm einen beträchtlichen Schluck.

»Ja. Aber sie kannte mich kaum.«

»Natürlich kannte sie dich. Wie lange wart ihr verheiratet?« Wieder trank sie vom Kaffee.

»Dreißig Jahre … Vierzig.«

»Und du sagst, sie hat dich nicht kennengelernt?«

»Wir haben nicht viel zusammen gemacht. Als es passierte, noch weniger.«

Julia nickte. Ich wartete. Sie forderte mich mit einer Handbewegung auf weiterzuerzählen.

»Sie ist fremdgegangen. Zwei Mal.«

»Tut mir leid.« Sie schloss die Augen. Ich betrachtete die Tischplatte. Dann unterbrach sie erneut die Stille. »Wann war das? Willst du erzählen?«

Ich presste meine imaginären Lippen aufeinander.

Sie drehte ihre Tasse hin und her, sie war beinahe leer. ›Wer ist noch vor dir gestorben?‹

Ich zuckte mit den Schultern, sie trank den letzten Schluck. ›Willst du eigentlich, dass ich dir helfe, oder was?‹

›Ich muss wissen, was in dem Brief steht.‹

›Im Brief steht nichts, das hast du doch gestern selbst festgestellt. Zumindest nichts, was du hättest lesen können.‹ Sie kam ganz nah und musterte mein Gesicht. »Oder hast du auf dem Papier helle Schatten gesehen oder eine schwache Ausbleichung?« Ihr linker oberer Schneidezahn war kürzer als der rechte. ›Vielleicht wurde eine spezielle Tinte gebraucht. Ich kenne mich mit den Schreibgepflogenheiten des Totenreichs nicht aus.‹ Sie lehnte sich zurück, wollte einen Schluck nehmen und realisierte, die Tasse war leer.

Ich schüttelte den Kopf. ›Ich habe mir das Blatt genau angesehen. Es war einfach ein leeres Stück Papier.‹

›Dann ist die Botschaft an dich ein leeres Stück Papier.‹ Sie schaute mich auffordernd an. Ich wusste nicht, was sie meinte.

›Sagt dir das nichts? Ein leeres Stück Papier?‹
Ich schüttelte den Kopf.

›Das heißt, zu deinem Leben gibt es nichts hinzuzufügen, alles getan, keine unerledigten Aufgaben, dein nächstes Leben kann unbelastet beginnen.‹

Ich wollte mich hinsetzen und begab mich auf Bodenhöhe.

›Komm, wir gehen rüber, dort können wir uns nebeneinandersetzen.‹

Im Wohnzimmer sagte sie nichts. Nachdem sie mich lange angestarrt hatte, dachte sie: ›Oder die leere Botschaft bedeutet, dass du deinen Lebensaufgaben zu wenig Aufmerksamkeit geschenkt hast und sie wiederholen musst.‹

Ich zog die Schultern ein und krümmte den Rücken. Würde ich zurück in mein abgebrochenes Leben geschickt werden? Das gefiel mir nicht.

›Sorry, ich wollte dich nicht ängstigen. Vergiss, was ich eben gesagt habe. Vielleicht bedeutet es etwas ganz anderes. Ich bin nicht von drüben.‹

Ich hielt still und wollte spüren, was der leere Brief in mir auslöste. Wenn ich weiterleben müsste, würde ich meinen Sohn ausfindig ma-

chen und versuchen mit ihm zu reden. Aber
womöglich hatte er von meinem Tod erfahren
und würde erschrecken, wenn ich plötzlich
auftauchte.

Julia wartete stumm, ihre Augen ruhten auf
mir. Nach einer Weile dachte sie: ›Frag mich
was. Ich bin dein Medium.‹

›Ja, ich habe eine Frage. Wie mache ich, dass
es mich nicht mehr nach Hause zieht?‹

›Du meinst in dein früheres Haus?‹

›Ich sollte dort nicht mehr erscheinen, das
habe ich der Mutter der Kinder versprochen.
Das stört den Familienfrieden.‹

Julia dachte nach. ›Wo finde ich eine Fotografie von dir?‹

›Reto hat eine. Was hast du vor?‹

›Vielleicht kann ich die Sehnsucht nach deinem letzten Lebensort aufs Bild lenken. Dann
bist du befreit. Manchmal klappt das.‹

›Ein Gefühl in einen Gegenstand transferie-
ren?‹

»Umlenken heißt das. – Lass mich einfach
meine Arbeit machen. Die Umlenkung mache
ich außerhalb unserer Treffen.«

›Machst du das eigentlich beruflich?‹

›Du meinst das Räuchern, Channeln, Umlenken? Klar.‹

›Tatsächlich? Wovon lebst du?‹

Sie drückte die Lippen aufeinander und kippte den Kopf. Dann dachte sie: ›Ich weiß, du bist von Grund auf Skeptiker. Wahrscheinlich warst du das schon zu Lebzeiten.‹

Ich nickte heftig.

›Und hat sich deine Ablehnung noch verstärkt, seit du gestorben bist? Ich habe von so was gehört.‹

Ich überlegte. Zu lange, denn sie bohrte nach: ›Nicht?‹

›Meine Einstellung zum Tod ist gleich geblieben: Wenn jemand stirbt, ist Schluss. Aus. Dann ist nichts mehr da.‹

›Wie erklärst du dir dann deinen jetzigen Zustand?‹

›Das frage ich mich die ganze Zeit.‹

Sie wandte sich ab, sah zum geschlossenen Vorhang. ›Nun, wenn du den neuen Zustand um dich herum einmal wahrnimmst, änderst du deine Einstellung radikal, da bin ich mir sicher.‹

›Da bin ich mir absolut sicher‹, wiederholte sie, als ich nicht darauf reagierte.

»Nein, niemals! Ich bin Realist!«, rief ich laut.

»Ein Hohlkopf bist du.« Sie erhob sich. »Und du machst mich sauer. Ich weiß, ich sollte nicht so aufbrausen, du bist mein Kunde, aber wie du auf deiner Einstellung beharrst, kein bisschen Fortschritte machst – ätzend.«

Sie machte ein paar Schritte und setzte sich erneut neben mich. ›Entschuldige, ich beherrsche mich wieder, ich bin ja schließlich professionell.‹

Ich erhob mich und schwebte zum Fenster.

»Lass es geschlossen«, rief sie mir hinterher. Dann kicherte sie. ›Du bist ja gar nicht fähig, es zu öffnen.‹

Ich achtete nicht auf ihre Bemerkung.

›Komm. Frag mich was. Irgendwas. Sonst habe ich das Gefühl, ich habe heute nichts für dich getan.‹

Ich setzte mich zu ihr, wusste aber nicht, was ich fragen sollte. Kleine Kinder sahen mich und Julia tat es, weil sie ein Medium war. Und ihre Mutter hörte mich. Ich war da und doch nicht da. Ich wollte davon wegkommen. – Hatte sie jetzt meinen wirren Gedanken zugehört?

Sie ließ ihre Augen über mein Gesicht wandern.

›Wie kannst du mich überhaupt bezahlen?‹, fragte sie auf einmal.

›Reto hat noch Geld von mir.‹

›Ich denke an eine andere Währung als Geld.‹

›Welche denn?‹, fragte ich.

›Dass du mir was erklärst von drüben, wie es ausschaut oder wie es sich für dich anfühlt. Aber davon sind wir noch weit entfernt, denke ich.‹

Plötzlich runzelte sie die Stirn. ›Reto? Dein ehemaliger Arbeitskollege hat dein Geld?‹

Ich nickte.

›Was macht er damit?‹

›Er bewahrt es für mich auf, falls ich zurückkehre.‹

»Was soll der Unsinn?«

›Das habe ich ihm auch immer gesagt. Aber er glaubt an solche Märchen.‹

›Warum hast du dann seine Spinnereien unterstützt, indem du ihm Geld gegeben hast?‹

Ich schüttelte langsam den Kopf. ›Damit er endlich Ruhe gibt. Ich hatte genug.‹

›Okay, du hast ihm Geld gegeben. Das können wir jetzt in deinem Sinne einsetzen. Wohin soll er es überweisen?‹

›Er will es mir geben, sobald ich wiedererscheine.‹

Julia schüttelte den Kopf. »Stopp! Glaubt Reto tatsächlich an so einen Unsinn, oder nimmst du mich hoch?«

Ich zuckte mit den Schultern. ›Er glaubt an ein Leben nach dem Tod, an die Wiedergeburt.‹

›Okay, das ist in Ordnung. Aber die Wiedergeburt erfolgt nicht jetzt, sondern nach mehreren hundert Jahren. Oder nach tausend. Bis dahin hat dein Geld keinen Wert mehr. Und selbst wenn du nach fünfzig oder sechzig Jahren wiederkommen würdest – das gibt's manchmal –, weiß er nicht, als wer du wiederkommst.‹

›Du glaubst also auch, es gibt eine Wiedergeburt?‹

›Klar gibt es die.‹

›Bei mir gibt es bestimmt keine Wiedergeburt oder ähnlichen Schwachsinn.‹

›Was du oder ich darüber denken, spielt überhaupt keine Rolle. Die Wiedergeburt ist

der normale Lauf der Dinge und geschieht un-
abhängig davon, was der Einzelne glaubt.‹

Ich erhob mich. Sie stand ebenfalls auf.

›Soll ich Reto sagen, er soll das Geld sinnvoll
einsetzen?‹, fragte sie.

Ich gab keine Antwort, sondern dachte wieder daran, wie ich um alles in der Welt in diesen elenden Zustand geraten war.

›Wer kümmert sich eigentlich um dein
Grab?‹, fragte sie.

Ich zuckte mit den Achseln.

›Was weißt du überhaupt? Dir ist doch min-
destens seit zwei Tagen klar, dass du tot bist.
Hast du inzwischen dein Grab besucht?‹

Ich schüttelte den Kopf.

›Morgen gehen wir zusammen hin.‹

AUF DEM FRIEDHOF

Wir trafen uns vor dem Eingang zum Friedhof.
Ich lotste Julia zu meinem Grabstein. Ich wusste genau, wo er lag, ich hatte den Platz selbst
gekauft. Der Stein war in den Boden eingelassen, darauf lag verdorrtes Laub. Der Weg führ-

te am Grab meiner Frau vorbei; darauf lagen frische Rosen, rote, weiße, eine Kerze brannte.

›Immerhin hast du eines der liegenden Urnengräber bekommen und keins in der Wand dort.‹ Julia zeigte zum Eingang. ›Wer kümmert sich darum?‹

›Das von meiner Frau pflegt meine Tochter.‹

›Und deins lässt sie verwahrlosen?‹

›Ist mir recht so.‹

›Willst du nicht auch ab und zu frische Blumen?‹

›Ich bin tot, was nützen da Blumen?‹

›Natürlich nützen die! Sie spenden Wärme, deinen Angehörigen, den Vorbeigehenden, das ist vorteilhaft für dein Sein im Reich der Toten!‹

›Ich habe meiner Tochter verboten, auch nur in die Nähe meines Grabes zu kommen.‹

Julia schüttelte den Kopf. ›Du musst ein furchtbarer Zeitgenosse gewesen sein. – Soll ich dein Grab pflegen?‹

›Musst du nicht.‹

Sie steuerte eine Bank an, die direkt vorm Friedhofszaun stand, und setzte sich darauf. Ich stellte mich daneben. Hinter uns rasten zwei Lastwagen vorbei. Der Friedhof grenzte an eine Hauptstraße, die Tag und Nacht befahren war. Wie die Straße vor Julias Haus.

›Gibt es hier einen Kaffeeautomaten? Ich bin süchtig.‹

Ich zeigte zur Empfangshalle am Eingang.

Julia wies mich mit einer Handbewegung an, ich solle warten.

Sie kam mit einem halb ausgetrunkenen Pappbecher zurück und schüttete den Rest in sich hinein.

Wieder donnerte hinter uns ein Laster vorbei. Sie folgte meinem Blick. ›Kennst du das Geisterhaus?‹, fragte sie und zeigte auf ein Haus auf der anderen Seite der Straße.

Durch das schwarze Gitter war ein burgähnliches Gemäuer zu sehen.

›Es steht gleich gegenüber dem Friedhof, damit es die verschlagenen Geister ja finden, sagt man. Gruselig.‹ Julia schüttelte sich.

›Richtige Horrorgeister‹, fuhr sie fort. ›Verstorbene, die sich zu Lebzeiten total danebenbenommen haben. So ein Ende wünsche ich niemandem.‹

Die Fensternischen des Hauses waren einen Meter tief in die Mauer eingelassen, die Tür mit schweren Brettern verriegelt.

›Ist es unbewohnt?‹, fragte ich.

›Muss. Das Kloster, das das Haus im dreizehnten Jahrhundert von der Besitzerin geschenkt bekommen hat, hatte die Auflage gemacht, dass kein lebender Mensch je darin übernachten darf. Die Besitzerin galt als Hexe. Sie soll heute noch dort herumspuken.‹

›Wenn das Haus nie genutzt wird, fällt es irgendwann zusammen.‹

›Das fällt Jahrhunderte nicht zusammen, sieh doch die dicken Mauern! Und das Dach muss die Stadtverwaltung erhalten.‹

Julia wandte sich wieder dem Friedhof zu. ›Also, sind dir Fragen eingefallen? Irgendwelche? Meinetwegen was Obersimples.‹

›Ja‹, dachte ich. ›Ich hätte da was.‹

Sie neigte sich zu mir.

›Ich habe die Leute, die in mein Haus eingezogen sind, beobachtet. Sie packen nicht aus, sondern sortieren die Gegenstände aus den Umzugskartons bloß um.‹

›Wie um?‹

›Der Vater bläst den Staub von einem Schemel und legt ihn in den Karton zurück.‹

Sie ließ sich auf die Lehne fallen. ›Xaver gibt ihn weg. Beim Umziehen mustert man Unnötiges aus.‹

Ich schüttelte den Kopf. ›Auch die Frau. Sie holt zwei Kochtöpfe aus einem Karton und legt sie in einen anderen.‹

›Bist du noch nie umgezogen? Deine neuen Bewohner hatten bestimmt keine Zeit beim Einpacken und sortieren jetzt beim Auspacken aus. Was du wieder denkst!‹

Ich spürte etwas in mir aufwallen und stampfte mit dem imaginären Bein auf den Boden.

›Habe ich dich gereizt? Das ist ja mal was anderes.‹

›Sie packen nicht aus, nur um!‹, dachte ich. ›Schon seit drei Tagen! Das ganze Haus ist mit gefüllten Umzugskartons zugestellt. Und die Kinder spielen jedes Mal am Boden mit Klötzen, wenn ich dorthin komme, jedes Mal! Nichts verändert sich.‹

›Wie in deinem Leben. Auch bei dir ist wahrscheinlich nichts passiert, und jetzt, nach deinem Tod, auch nicht. Du machst keinen einzigen Fortschritt, auch das Rekapitulationsschreiben des Boten war leer. Das verfolgt dich.‹

Ich wandte mich ab. Sie erhob sich und stellte sich neben mich. »Du erzählst Unsinn. Warum sollten Xaver und Beth nicht auspacken? Aber eigentlich kann dir das egal sein, du lebst nicht mehr dort.«

Ich nickte.

»Habe ich dich beruhigt? Schade. Ich habe gerade Gefallen daran gefunden, dass du Gefühl zeigst. Wie kann ich dich wieder wütend machen?«

Ich schaute zum Grab. Wie es schien, war noch mehr Laub darauf geweht.

»Wäre doch nur gerecht«, sagte sie. »Warum muss immer ich mich deinetwegen aufregen?«

»Ich glaube«, sagte ich, »ich muss meinen Weg selbst suchen.«

›Bravo! Du hast es erfasst!‹ Sie klatschte in die Hände. ›Ich wollte es dir nicht sagen, sonst hättest du mir wieder mal nicht geglaubt: Such deine Antworten in der Welt der Toten!‹

›Aber ich sehe niemanden in dieser sogenannten Welt …‹

Sie klopfte sich die Hose ab, eine luftige Pumphose aus dünnem Stoff, heute war es eine grüne.

»Okay«, sagte sie. »Du bleibst hier, bis du Zugang zum Jenseits gefunden hast. Wenn du in einer Woche nicht weiter bist, darfst du zurückkommen. Nicht früher!«

›Wie weiß ich, wann eine Woche vorüber ist?‹

Sie zeigte auf eine Bahnhofsuhr am Empfangsgebäude.

›Zähl die Tage. Und ich rede inzwischen mit Reto über dein Geld. Er soll es sinnvoll einsetzen.‹ Sie stolzierte zum Ausgang, den leeren Pappbecher in der Hand. Ein leichter Wind blies in ihre Hose, der Stoff flatterte um ihre Beine. Rechts von mir raschelte etwas. Ich schaute mich um und sah, der Wind hatte das Laub von meinem Grabstein weggeblasen.

In der Woche auf dem Friedhof machte ich eine eigenartige Beobachtung: Nach zwei Tagen saß ein dicker Mann auf der Bank, auf der Julia mit dem Pappbecher gesessen hatte. Er saß regungslos da, gekrümmt, die Hauptstraße im Rücken. Zuerst dachte ich an einen Besucher, der sich ausruht. Doch als ich eine Stunde später noch einmal vorbeisah, saß er in der gleichen Haltung da. In diesem Augenblick bewegte er sich ganz langsam, er benötigte fünf Minuten, bis er ein Stofftaschentuch aus seiner Hose gezogen und an seine Nase gehalten hatte. Er machte jedoch nichts damit, er hielt es einfach eine Viertelstunde an die Nase, dann steckte er es wieder in die Tasche. Für die ganze Aktion brauchte er über eine halbe Stunde.

Wahrscheinlich war er in diesem Schneckentempo hierhergekommen. Ich hatte ihn nicht kommen sehen, ich hatte mich einen Tag lang auf der anderen Seite des Friedhofes umgesehen.

Dann schaute er mir direkt in die Augen. Konnte er mich sehen? Ich ging auf ihn zu und merkte, er sah immerzu in die gleiche Richtung, auch wenn ich aus seinem Blickfeld glitt.

Der Mann blieb weitere drei Tage sitzen, dann erhob er sich und schlurfte hinter die Bank zum Gitterzaun vor der Hauptstraße. Er hatte den Zaun noch nicht erreicht, da sah ich das Gegenteil des langsamen Dicken: Eine junge Mutter mit Kinderwagen stürzte direkt auf ein Grab zu und blieb eine Weile davor stehen. Ich kam näher, sie bemerkte mich nicht, also trat ich ganz dicht an sie heran. Sie weinte. Das Kind im Wagen schlief. Auf dem Grabstein

standen Jahreszahlen eines kurzen Lebens –
eines sehr kurzen: zwei Jahre.

Zugang ins Jenseits fand ich nicht.

RETO

»So? Hattest du Erfolg? Kommst du dich verabschieden?«, fragte mich Julia, kaum war ich
in ihre Wohnung geschlichen.

Ich schüttelte den Kopf.

»Okay, wir gehen raus. Eine Séance hat für
dich keinen Wert.«

»Wollen wir es nicht ein letztes Mal probie-
ren?«

»Du bist von drüben, ich kann von hier aus
keine Antworten für dich empfangen.«

Julia stolzierte Richtung Innenstadt. Sie wusste
wohl, dass ich nicht Straßenbahn fahren konnte, und machte keine Anstalten, mich in eine
zu bitten, obwohl sie an jeder zweiten Ecke auf
mich warten musste. Ich ging deutlich langsamer als noch vor einer Woche. Unerwartet

standen wir vor dem Erbschaftsamt, sie steuerte geradewegs die Tür an, ich glitt hinterher.

›Willst du zu Reto?‹

Sie blieb stumm oder dachte zumindest nichts, was ich hätte verstehen können, sie stand bereits weit vorn beim Fahrstuhl, dessen Tür sich gerade öffnete. Aus dem Fahrstuhl heraus hielt sie mir die flache Hand entgegen, zeigte auf die Treppe und drückte auf die Drei. Woher wusste sie, in welcher Etage Reto arbeitete?

Als ich die Treppe hochgeglitten war, sah ich sie vor Retos Büro auf dem Boden hocken und ein Buch lesen. Kaum hatte sie mich bemerkt, dachte sie: ›Er will mit dir kommunizieren.‹

Ich verstand sie kaum, so dicht aneinandergepresst, wie die Worte kamen.

›Du warst schon mal hier?‹, fragte ich.

Sie klappte das Buch zu und erhob sich. ›Er ist ein aufgeschlossener Mann.‹

›Kannst du bitte nicht so hastig denken? Ich verstehe dich kaum.‹

›Du wirst immer schwerfälliger. Ich formuliere bereits in Zeitlupe.‹

›Über was habt ihr geredet?‹

Sie schien mich nicht gehört zu haben, sondern klopfte an Retos Bürotür und öffnete sie.

»Hallo Reto, wir sind da«, hatte sie wohl gesagt, es war sehr schnell gegangen.

»Julia, welche Freude!«, sagte Reto wie ein
Maschinengewehr.

Ich glitt neben Julia ins Büro. Reto suchte
mit seinen Augen den Raum ab.

»Ist er dabei?«

Julia nickte.

Reto schoss von seinem Bürostuhl auf, griff
das Jackett von der Stuhllehne und rannte in
den Flur. Wir eilten Reto hinterher, er hatte
schon den Fahrstuhl gerufen.

›Was will er? Warum ist er so aufgeregt?‹,
fragte ich Julia.

›Er möchte mit dir reden, wir gehen in ein
Café.‹

›Er sieht mich doch nicht.‹

›Keine Angst, ich bin dabei. Dein Medium.‹

Jetzt verstand ich Julia besser. Sie schien sich
meinem Tempo angepasst zu haben.

Das ungleiche Paar unterhielt sich im Erdgeschoss rege miteinander, als ich die Treppe
hinunterkam. Kaum sah Julia mich, verließen
sie das Gebäude. Die beiden, schon zwei Häu-

ser weiter, kehrten ins *Klus* ein. Ich erinnerte mich, als ich hier gearbeitet hatte, bediente das *Klus* tagsüber kaum Gäste. Nur über Mittag wurde es von Büroangestellten überschwemmt, obwohl es bloß ein paar Snacks angeboten hatte. Ideal für Abnehmwillige. Auch an diesem Morgen saß bloß eine Jugendliche mit einem Laptop darin.

Julia und Reto saßen links neben dem Fenster mit den rot-weiß karierten Vorhängen. Retos Bierglas war halb leer. Ich stellte mich vor sie hin.

»Er ist da«, sagte Julia zu Reto. »Ich nehme noch mal einen Café Crème.«

Reto nickte zur Tür und fragte: »Will Jakob auch was? Einen sauren Most?«

Ich überlegte, wen er meinte. Doch dann erinnerte ich mich: Ich hatte damals jedes Mal einen sauren Most getrunken, wenn ich mit Reto hier war.

›Du heißt Jakob. Erinnerst du dich?‹, fragte Julia und zwinkerte mir zu.

Das konnte sein, erinnern tat ich mich nicht.

›Was hat dir Reto noch alles über mich erzählt?‹, fragte ich.

›Viel. Wir hatten ein Gespräch unter Lebenden, dazu gehörst du nicht mehr. Aber denken wir nicht weiter, Reto will auch etwas mitbekommen.‹ Sie zeigte auf mich. »Siehst du Jakob?«

Reto, der mit dem Rücken zum Fenster saß, schaute in meine Richtung – viel zu hoch.

»Irgendeinen Schatten?« Sie wandte sich mir zu. »Jakob, stell dich vors Fenster, vielleicht kann er im Gegenlicht eine Lufterscheinung wahrnehmen.«

Während ich zum Fenster ging, redeten die beiden miteinander. Es klang wie Laubrascheln. Vor Julia stand ein neuer Kaffee.

»Jetzt steht er rechts von dir«, sagte Julia und zeigte auf mich.

Reto betrachtete das Fenster, vor dem ich stand, schwenkte mit dem Kopf hin und her, wechselte ständig den Blickwinkel. Überraschend stieß er mit der Hand durch mich hindurch und berührte den Fenstersims. »Ich sehe nichts.«

Julia schien ihm gesagt zu haben, er solle langsamer reden.

»Im Moment greifst du mit deiner Hand durch seinen Magen«, sagte Julia.

Reto zog den Arm zurück, schaute zur Decke und sagte: »Entschuldige.«

Ich stellte mich wieder neben Julia, die beiden besprachen sich abermals mit laubraschelnden Stimmen. Dann sagte Julia verständlich: »Das macht ihm nichts aus, das ist er inzwischen gewohnt. Ständig fassen oder gehen andere Menschen durch ihn hindurch.«

Die Bedienung kam und nahm die Bestellung auf, sie bewegte sich zackig wie in einem Stummfilm.

»Also«, sagte Reto, »beginnen wir. Wann ist er geboren?«

Julia sah mich an. Ich verriet ihr mein Geburtsdatum. Julia wiederholte es, Reto nickte wie Zittergras. »War er je verheiratet?«

Julia verzog den Mund. »Frag doch nicht, was du schon weißt.«

Reto ließ sich nicht abbringen und stellte die nächste Frage: »Und wie hieß seine Frau?«

Ich erinnerte mich an die Liste mit Fragen, die Reto entworfen hatte, um beweisen zu können, dass er tatsächlich eine verstorbene Seele vor sich hatte.

Julia sah mich an. Ich dachte: ›Spätzchen.‹ Mir fiel gerade nur der Kosename meiner Frau ein.

»Ruth«, sagte Julia zu Reto. »Das habe ich auf ihrem Grab gelesen. Jakob erinnert sich anscheinend schlecht an Vornamen.«

»Sieht ihm ähnlich.« Reto lächelte.

»Wie meint er das?«, fragte ich.

Reto wollte schon die nächsten Fragen formulieren, wo ich gearbeitet, welche Hobbys ich gepflegt und welche Kleidung ich bevorzugt habe – ich sah seine Liste vor mir –, doch Julia stoppte ihn.

»Jakob will wissen, wie du das meinst, dass ihm das ähnlich sieht.«

»Ihn habe ich immer mit Vornamen angesprochen«, ergänzte ich.

Sie übersetzte auch das.

Reto lehnte sich zurück. »Nun«, sagte er, »stimmt, mich hat er mit Vornamen angesprochen, aber erst nach langem Drängen. Ruth hat er immer *meine Frau* genannt. Auch die anderen Kollegen hat er nie mit Vornamen angesprochen.«

»Stimmt das?«, fragte Julia. »Mich hast du auch nie mit Julia angesprochen. Warum eigentlich nicht?«

»Ich … Also … Das ist einfach so.«

»Nein, du bist über ein Jahr tot. Du hattest genug Zeit, die Gründe für deine Schrulle herauszufinden.«

Mir war nicht wohl, die beiden redeten zwischen den Fragen mit ihren raschelnden Stimmen und ich konnte dem Tempo nicht folgen.

»Na schön, ich bin überzeugt«, sagte Reto zu Julia. »Am Mittwoch gebe ich dir das Geld.«

Sie sah mich an. »Welche Blumen liebst du?«

»Brauche ich nicht.«

»Doch, ich lege von heute an jede Woche einen Blumenstrauß auf dein Grab. Das hast du bitter nötig.«

Ich zuckte mit den Schultern.

»Er ist noch derselbe«, sagte Reto, der Julia beobachtet hatte. Er nahm mit hektischen Bewegungen einen Schluck Bier.

Julia trank ihre Kaffeetasse leer.

»Jakob?« Reto lehnte sich weit zurück und schaute zum Leuchter hinter mir hinauf. »Wie ist es jetzt als Toter? Bist du bekehrt?«

»Wie bekehrt?«

Julia wiederholte.

»Na, all das esoterische Zeug, wie du es immer genannt hast. Du lebst – also gibt es ein Leben nach dem Tod. Siehst du?«

Ich schüttelte den Kopf.

»Nein, Reto, so funktioniert das nicht.« Julia zeichnete mit den Händen eine Form in der Luft.

Reto drückte Julias Hände auf den Tisch, sie aber zog sie blitzschnell zurück.

Er sagte: »Ich weiß, Julia, du hast recht. Aber bei Jakob müssen wir simpel vorgehen. Ich habe vereinfacht.«

»Stark vereinfacht«, sagte Julia und drehte ihre Tasse am Henkel hin und her.

Erneut sah Reto nach oben. »Also, Jakob, was sagst du jetzt?«

Ich wusste nicht, was ich antworten sollte. Julia forderte mich mit Blicken auf, meine Situation zu erklären. Als ich nicht reagierte, sagte sie: »Komm schon. Erzähl von dem Brief, von Beth und Xaver und ihren Kindern. Und wie du dich jetzt fühlst.«

»Das hast du ihm sicher alles schon erzählt.«

»Klar«, sagte Julia. »Aber jetzt aus deiner Sicht.«

Ich erzählte Reto meine Erlebnisse der vergangenen Tage, Julia übersetzte.

Mittendrin unterbrach er mich.

»Wo schläfst du?«

»Er schläft nicht«, sagte Julia. »Tote schlafen nicht. Oder immer. Wie man's nimmt.« Sie wandte sich zu mir. »Habe ich recht? Oder wie empfindest du den Übergang von einem Tag zum nächsten?«

Ich nickte nur. Es stimmte, ich hatte mich, seit ich tot bin, nie hingelegt.

»Und? Was tust du in den Nächten?«, fragte Reto zur Decke. »Ist das nicht furchtbar langweilig? Oder gehst du in Diskotheken? Schaust den Tanzenden zu?«

Ich schüttelte den Kopf.

»Reto, er geht nur an Orte, die er aus seinem Leben kennt. Du hast mir doch selbst erzählt, dass er kaum ausgegangen ist. Seit Ruth gestorben ist, sowieso nicht mehr.«

»Nun«, sagte Reto und legte beide Arme der Länge nach auf den Tisch, »ich kann mir nicht vorstellen, was ich die Nacht über tun sollte, wenn ringsum alles still ist und schläft.« Er schob seine Finger nach vorn, berührte Julias Hände.

Julia zog ihre Arme zur Brust und flüsterte in einer enormen Geschwindigkeit: »Das machst du nie mehr!«

Reto zog seine Hände zurück.

»Na, immer noch derselbe?«, fragte ich.

Diese Frage übersetzte Julia nicht.

»Jakob, jetzt mal ernst.« Reto räusperte sich. »Ich hatte also recht. Und irgendwann später kommt die Wiedergeburt, du wirst sehen.«

»Ich sehe nichts. Nur die Welt, wie sie immer war.«

»Das gibt es nicht«, sagte Reto gedämpft, doch hörbar. »Er erfährt im Moment das für ihn Unmögliche, er lebt weiter, obwohl er tot ist, und will es immer noch nicht zugeben.«

»Wir sind nicht da, um Jakob zu bekehren.« Julia klatschte mit der flachen Hand auf den Tisch. »Das geht sowieso nicht. Wenn einer gestorben ist, verdaut er erst mal das Vergangene. Es kommt nichts Neues hinzu.«

»Eben«, sagte Reto. »Jetzt sieht er, was er immer für einen Schwachsinn behauptet hat.«

Die Bedienung kam – wieder mit zackigen Bewegungen. Julia bestellte einen dritten Kaffee, Reto ein zweites Bier.

»Es geht nicht darum, wer recht hat und wer nicht«, sagte Julia zu Reto. »Solche Fragen bringen überhaupt nichts, das verwirrt ihn nur.«

»Stehst du auf seiner Seite?«, fragte Reto und machte ein dümmliches Gesicht.

»Ich bin ein Medium und nehme die Toten so, wie sie sind.«

»Na schön, das ist genau das, was mir an dir gefällt. Neutral und objektiv.«

»Und vorurteilslos«, sagte Julia.

»Und vorurteilslos«, wiederholte Reto. »Ich habe Jakob genug ausgefragt, mehr macht keinen Sinn. Aus ihm ist sogar nach dem Tod nichts rauszuholen. Nächsten Mittwoch? Bleibt's dabei?«

»Aber ohne Händchenhalten, sonst beenden wir unsere Zusammenarbeit subito.«

»Klar, ich hab's begriffen. Verzeihung.«

Reto schwang sich hinterm Tisch hervor. »Stehe ich ihm jetzt auf den Füßen?« Er grinste.

»Ich bleibe noch hier«, sagte Julia. »Ich habe mit Jakob noch was zu besprechen.«

Reto ging.

›Was habt ihr am Mittwoch vor?‹, dachte ich.

›Er möchte Verbindungen mit Verstorbenen aus seinem Umfeld aufnehmen.‹

Die Bedienung kam mit den Getränken.

»Und das Bier?« Die Kellnerin sah sich überhastet die bereits wieder geschlossene Tür an.

Julia klopfte auf den Tisch und sagte etwas mit »Rechnung«. Die Bedienung wollte das Bier zurücknehmen, doch Julia klopfte ein zweites Mal auf den Tisch.

Julia trank das Bier in einem Zug hinunter, schüttelte sich und leerte anschließend die Kaffeetasse.

›Wie war für dich die Begegnung mit deinem ehemaligen Kollegen?‹

›Wie immer‹, antwortete ich.

›Du hattest das halbe Leben mit ihm zu tun! Ihr habt nächtelang diskutiert! Und du sagst: *Wie immer*?‹

Ich nickte.

»Jetzt gehst du mir aber auf den Keks!«, rief sie laut und diesmal für alle im Raum hörbar.

›Meine Güte, du kannst doch hier nicht so rumschreien.‹

›Doch! Kann ich!‹

Die Kellnerin kam herangehuscht, legte die Rechnung auf den Tisch und sah sich im Raum um. Ihr Blick blieb an dem Mädchen mit dem Laptop hängen. Das Mädchen schaute mit offenem Mund herüber. Sie hatte lange blonde Haare und hielt einen angeknabberten Lutscher in der Hand.

Julia hatte bereits abgezähltes Geld neben die Rechnung gelegt und das Lokal verlassen. Sie wartete draußen neben der Ampel auf mich.

›Für heute haben wir genug gearbeitet. Du musst dir dringend Kontakte zu Seelen aus deiner Welt suchen.‹

›Wie denn? Ich sehe nur die Dinge in der normalen Welt.‹

›Und das Jenseits ist nicht normal?‹, fragte sie.

›Wenn du mich fragst, nein. Es gibt kein Jenseits. Deshalb sehe ich auch keins.‹

›Und es gibt auch keine anderen Toten, deshalb siehst du sie nicht.‹

›Ich habe eine Theorie‹, sagte ich.

›Ja, Theorie. Keine Theorie kann dir da raushelfen. Theorien sind Menschenausflüchte. Im Tod gilt allein das Gesetz von Ursache und Wirkung.‹

Sie flitzte davon. Musste ich mir ein anderes Medium suchen?

›Du findest niemand anderen aus unserer Welt.‹ Sie war schon einen Block weiter. ›Ein Toter kann nur Verbindungen zu Lebenden aufnehmen, zu denen er einen Bezug hat.‹

Sie blieb stehen und wartete, bis ich sie erreicht hatte.

›Dich habe ich doch auch angetroffen, ohne vorher mit dir zu tun gehabt zu haben‹, entgegnete ich.

›Weil Beth dich zu mir geführt hat. Und sie wohnt in deinem alten Haus, von dem du nicht lassen kannst.‹

Sie kickte einen Kieselstein vom Bürgersteig. ›Wir treffen uns morgen und bedanken uns mit einer Séance bei der geistigen Welt.‹

Sie sprang in eine Straßenbahn.

BLASS

Am nächsten Tag dirigierte mich Julia in die Küche und eilte voraus. Als ich über die Küchenschwelle glitt, kippte sie gerade den letzten Schluck aus ihrer Kaffeetasse in den Mund, warf einen kurzen Blick auf mich und sauste zur Kaffeemaschine.

»Weißt du, wie viele Kaffee ich heute schon getrunken habe?«

»Na«, sagte ich. »Bald den zweiten.«

»Vier.« Sie drehte sich um und sah mir wortlos in die Augen. Die Maschine hinter ihr lief viel schneller als noch vor einer Woche, binnen einer Sekunde war die Tasse gefüllt.

»Und alle, während ich darauf gewartet habe, bis du durch den Flur geschwebt bist. Du bist extrem langsam geworden!«

Sie nahm die Tasse und setzte sich an den Tisch.

»Ich bewege mich unglaublich langsam, damit du mir überhaupt folgen kannst«, sagte sie. »Und ich spreche jedes Wort in Slow Motion. Auf diese Weise kann ich nicht länger mit dir reden, sorry.«

Sie nahm ein Blatt zur Hand, einen Stift und schrieb in einem Höllentempo das Papier voll. Dann verließ sie die Küche.

›Lieber Jakob‹, begann der Brief. ›Mit Dir geschieht im Moment Schreckliches. Sorry, dass ich Dir das an den Kopf werfe. Aber es bringt nichts, wenn ich Dich schone. Du hast mich ausgewählt, damit ich Dir helfe, und das tue ich.

Ich habe noch nie erlebt, dass ein Geist in so kurzer Zeit alle seine Handlungen derart verlangsamt. Ehrlich gesagt: noch nie. Mag sein, dass das bei euch etwas Bestimmtes bedeutet, damit kenne ich mich nicht aus. Ich hatte bisher immer nur mit Geistern zu tun, die sich normal schnell benahmen. Du brauchst unbedingt Hilfe aus Deiner Welt. Sicher hattest Du schon einmal Kontakt zu jemandem von dort und hast es nur nicht bemerkt. Manchmal ist ein Mensch, den Du in der Menge siehst, ein Geist. Sprich die an, die Dir auffallen. Sei nicht enttäuscht, wenn Du abgewiesen wirst. Geister sind bei der Auswahl derer, mit denen sie kommunizieren wollen, sehr streng.

Ich habe Dich liebgewonnen, Deine Hilflosigkeit, Deine sture und völlig sinnlose Suche nach dem Brief. Aber vor allem, dass Du anfangs so klar vor mir erschienen bist, eine deutliche Aussprache hattest, selbst wenn Du in Gedanken geredet hast. Weißt Du noch, wie Du in mein Leben getreten bist? Ich habe nicht gemerkt, dass Du tot bist.

Doch das ist vorbei. Ich kann nicht eine halbe Stunde mit Dir zusammensitzen und nur drei Sätze gewechselt haben.

Ich höre gern von Dir. Ja, ich bin brennend daran interessiert, wie es mit Dir weitergeht,

Du verschrobener Kerl! Wenn Du mal schreiben kannst, lege die Nachricht hier auf den Küchentisch. Ich schaue regelmäßig nach.‹

Ich glitt in den Flur. Die Tür zu Julias Schlafzimmer war geschlossen, die zum Wohnzimmer offen. Eine Straßenlaterne schien zum Fenster hinein.

Ich ging in die Küche und versuchte den Bleistift zu fassen, den Julia neben dem Zettel liegen gelassen hatte. Es ging nicht. Ich sah Sonnenstrahlen durchs Küchenfenster dringen.

Sonnenstrahlen?

Ich ging zum Fenster. Die Sonne kletterte binnen Sekunden den Himmel hinauf. Ich schaute zum Tisch, der Zettel war weg, dafür stand eine ausgetrunkene Kaffeetasse auf dem Tisch. Plötzlich erlosch das Sonnenlicht, überall gedämpftes Licht, drinnen wie draußen. Erst dachte ich an einen Wetterumschlag, doch auch der Verkehrslärm war verstummt. Ich warf einen Blick auf die Straße, auch sie lag in grauweißem Licht. Die gegenüberliegende Häuserfront, der Straßenbelag, die Küchenschränke, der Tisch, das Spülbecken, alles hatte seine Leuchtkraft verloren. Die ganze Welt war blass und es fehlte jeglicher Schattenwurf. Das Licht schien von nirgendwoher zu kommen.

Auf der Straße standen lediglich zwei Leute neben einem Briefkasten. Im Bruchteil einer Sekunde machten sie sich davon. Jetzt sah ich niemanden mehr, Fahrzeuge waren seit der Lichtveränderung sowieso nicht mehr zu sehen. Die Straßen waren wie leergefegt. Oder nein! Dort marschierte eine Frau quer über die Straße, gekleidet für einen Kostümball: Sie trug einen Rokokoreifrock und dazu einen ausladenden Hut mit einer Pfauenfeder.

Ich sollte die Leute ansprechen, die mir auffallen, erinnerte ich mich an Julias Rat. Die Kostümierte war das einzige lebendige Wesen auf der Straße, das ich sah.

Ich öffnete das Fenster und rief: »Hallo!«

Die Kostümierte blieb stehen und winkte zu mir herauf.

»Ich komme runter!«, rief ich, schloss den Fensterflügel und huschte, so schnell ich konnte, die Treppe hinunter.

Die Kostümierte stand vor dem Gebäude.

»Du bist schnell«, sagte sie und nickte anerkennend.

Schnell? Ich war doch langsam wie eine Schildkröte! Oder war sie noch langsamer? Das wollte ich sie aber nicht fragen, stattdessen fragte ich: »Wo sind die anderen?«

»Welche anderen?«

Auf einmal flimmerte ihr Körper, halbdurchsichtig, ganz weg, wieder da. Als wäre er ein projiziertes Bild und der Projektionsapparat hätte Wackelkontakt. Ich ging um sie herum, machte so, als spähte ich die Umgebung aus. »Eben war die Straße stark bevölkert«, sagte ich und betrachtete eine Falte an ihrem Rock aus der Nähe. Ich sah nichts, das das Flimmern hätte erklären können. »Jetzt sind sie alle fort, der Verkehrslärm, die Menschen.«

Die Kostümierte schüttelte den Kopf. »Hier ist wenig Gesellschaft.« Sie richtete mit beiden Händen den Hut. »Woher kommst du?«

Ich zeigte zum Gebäude hinter mir. »Aus der dritten Etage.«

Sie drehte sich um. Wieder verschwand ihre Gestalt für einen Bruchteil einer Sekunde. Sie schwebte, ihr Körper machte keine erkennbaren Schritte. Ich konnte also einen anderen Geist sehen, deshalb das Flimmern.

Doch warum verließ sie mich schon wieder? Ich glitt ihr nach, kam ins Stocken, das Schweben ging nur schleppend voran. Also begann ich Schritte zu machen.

»Verfolgst du mich?«, fragte sie.

»Ich würde mich gern noch ein bisschen mit dir unterhalten.«

»Warum gibst du mir dann so befremdliche Antworten?«

»Habe ich das?«

»Du kämst aus der dritten Etage – wahrhaft befremdlich. Ich habe gefragt, woher du kommst, nicht, wo du eben gewesen bist.«

»Oh, entschuldige. Ich habe immer in dieser Stadt gelebt, in der …« Mir war der Name der Straße entfallen.

Sie blieb stehen. »Nicht von außerhalb?«

Ich schüttelte den Kopf.

»Ich komme aus Genua.« Sie lachte breit.

»Das liegt in Italien!«

»Gewiss. Haben deine Eltern dich nicht gebildet?« Sie betrachtete meine Schuhe und die Hose und flüsterte: »Welch ein Beinkleid.«

Meine Hose war grau, die Bügelfalten korrekt.

»Aus welchem Jahrhundert stammst du?«, fragte sie.

Ich glaubte mich verhört zu haben. »Du meinst, wann ich gestorben bin? Vor einem Jahr, sagt man.«

»Narr«, flüsterte sie und schwebte davon. »Verfolge mich nicht«, rief sie.

»Ich habe noch eine Frage!« Ich folgte ihr, stolperte.

Sie drehte sich nicht mehr um.

Ich schlenderte in die entgegengesetzte Richtung und sah stumpf auf den Boden. Der erste Geist, den ich gesehen hatte. So sahen sie also aus. Gleich wie Menschen, nur zeitweise ein Flimmern.

Das hatte mir Julia beigebracht, da war ich mir sicher, und das, ohne dass ich es gemerkt hatte. Sie war ein tüchtiges Medium.

Wo hätte ich hin sollen? Nach Hause? Ich verspürte kein dringendes Bedürfnis danach. War das ebenfalls Julias Werk?

Ich verneigte mich dankend in Richtung ihres Hauses und entschloss mich, noch einmal zu ihr hinaufzugehen, um mich persönlich bei ihr zu bedanken. Als ich in der dritten Etage war und in die Küche kam, war sie leergeräumt. Selbstvergessen stützte ich mich auf die Tischplatte.

Ha! Ich konnte den Tisch anfassen! Und unten auf der Straße hatte ich meine Hosen gesehen! Ich ging zur Kaffeemaschine, ich wollte sehen, ob ich auch sie anfassen, sie gar bedienen konnte. Julias Kaffeemaschine war weg. Ich tippte an den Einbauschrank über der Maschine.

Ja, es stimmte. Seit die Schatten verschwunden waren, konnte ich die Dinge anfassen! Vorhin hatte ich das Küchenfenster geöffnet und der Kostümierten hinterhergerufen.

Ich öffnete den Einbauschrank. Leer. Julia musste weggezogen sein. Hatte sie mir eine Nachricht hinterlassen? Ich suchte die ganze Wohnung ab. In der Badewanne lag eine alte Badeente. Ich nahm und drückte sie. Sie quietschte nicht.

So gern hätte ich Julia meine neuen Fähigkeiten gezeigt. Wie ich die Dinge anfassen und bewegen konnte, wie ich andere Geister sehen konnte. Ein Schreibstift war nirgends, auch kein Stück Papier. Ich nahm die Ente und stellte sie auf den Küchentisch. Vielleicht sah Julia sie, wenn sie noch einmal vorbeikam.

Ich besuchte mein Grab. Reto wollte ich vorerst nicht sehen, er würde nur wieder seinen Fragenkatalog hervorholen. Auf dem Grab sah ich keine Blumen, auch auf dem meiner Frau nicht. Ich wischte mit dem Fuß über meinen Grabstein, vielleicht fühlte ich die Blumen neuerdings nur noch.

Aus dem Nichts erschien ein Mann in Lederhose. Er glitt neben mich. »Die Grabsteine zu säubern ist nicht nötig, die sind immer vortrefflich aufgeräumt«, sagte er mit bayerischem Akzent.

Das stimmte – mein Grabstein war blitzesauber, ebenso die anderen. Auf dem ganzen Gelände war kein Mensch, auch kein Geist, falls ich tatsächlich Geister sehen konnte. Der Mann mit der Lederhose und ich waren die Einzigen. Lebte er oder war er ebenfalls tot?

»Ich dachte, es liegen vielleicht Blumen …«, sagte ich. »Ich sehe nirgends Blumen …«

»Erwarte das nicht«, fiel er mir ins Wort. »Für so was hatten wir nie einen Sinn.«

»Trotzdem«, widersprach ich. »Ich wollte schauen, ob Julia ihr Versprechen hält.«

112

»Hat sie, hat sie«, erwiderte der Bayer.

»Meinen Sie?«

»Sie?«, wiederholte er. »Wir duzen uns.« Nach einiger Zeit fragte er: »Hängst du immer noch an deiner Julia?«

Ich nickte.

»Wie lange hat euch der Tod bereits geschieden?«

»Tod? Nein! Sie lebt!«

Er war weg, einfach verschwunden. Da! Ich sah seinen Kopf, nur seinen Kopf, der gemächlich hin und her wog, während mich seine Augen komisch ansahen.

»Und überhaupt. Das kann man nicht geschieden nennen«, erklärte ich mit Nachdruck. »Wir waren kein Liebespaar.«

Er war wieder ganz da, tätschelte mir den Nacken und nickte wohlwollend.

»Wir haben uns eben erst verabschiedet«, sagte ich. »Heute. Vielleicht gestern. Ich kann die Tage nicht mehr zählen, ich sehe die Sonne nicht.«

»Wir alle sehen sie nicht«, sagte der Bayer. »Schnell scheint uns etwas, das vor Jahren geschehen ist, als hätte es sich gestern zugetragen.«

»Meinst du?«

Er nickte. »Cornelius sagt gar, es sei schon vor Jahrzehnten geschehen.«

Ich schüttelte den Kopf. »Julia lebt bestimmt noch, sie war viel jünger als ich.«

»Nach hundert Jahren sind wir alle tot.« Er glitt um mich herum und blieb über einem anderen Grab schweben.

Seine Lederhose war altertümlich. So eine hatte ich einmal in einem Trachtenmuseum gesehen, in meiner Jugendzeit, bevor ich meine Frau kennengelernt hatte.

Ganz hinten sah ich eine Meute auf uns zukommen. Einige rannten, andere schwenkten die Arme, wieder andere riefen etwas. Die Meute kam nicht näher, sie bewegte sich am Ort.

»Sehen Sie die auch?«, fragte ich.

Mein Begleiter war weg. Ich drehte mich zur Meute, sie war auch weg. Und ihre Rufe waren verstummt.

Konnte ich Geister sehen oder nicht? Oder war das so, dass man sie einmal sieht und einmal nicht?

»Beachte sie nicht«, sagte der Bayer.

Er stand hinter mir.

»Wenn sie dir einmal gleichgültig sind, erscheinen sie nicht mehr, und die Welt ist für dich wieder normal.«

Er glitt davon.

»Welches Jahr haben wir?«, rief ich ihm nach.

Er kam zurück. »Antworten auf solch törichte Fragen gibt Cornelius. Er sagt, er wisse alles. Doch wer kümmert sich schon um solchen Unfug.«

»Wer ist Cornelius?«

»Hattest du noch nicht die Ehre, ihn kennenzulernen?«

Ich schüttelte den Kopf.

»Komm, ich führe dich zu ihm, gleich nach meiner Visite hier.« Der Bayer zeigte auf das Grab, über dem er eben geschwebt war. »Sie haben mein Grab ausgehoben und neu belegt. Schon das sechste Mal.« Er schwebte wieder darüber, sah zu seinen Füßen und studierte aufmerksam den Grabstein. »Ein Kurt Hamster liegt jetzt darinnen. Ich habe ihn nie hier angetroffen.« Er kam zu mir zurück. »Wo liegst du?«

Ich zeigte auf den Grabstein vor mir.

»J. Bambell«, sprach er leise, als er die Grabinschrift las. »Kanntest du das Kind?«

»Das bin ich.«

Wieder musterte er den Grabstein, auch die beiden daneben, schüttelte den Kopf. »Wie konntest du Platz darin finden?«

»Das ist ein Urnengrab«, sagte ich.

»Du meinst, eine Feuerbestattung? Wie du sprichst.«

Ich sah auf sein Grab, es maß die Länge eines Leichnams.

»Hast du irgendetwas verbrochen?« Er erwartete keine Antwort, sondern fügte gleich hinzu: »Was soll's«, und strich mit dem Fuß über die Inschrift mit den Jahreszahlen. »Ist die Zeit schon so weit vorgerückt?« Er schaute mich an. »Willst du tatsächlich zu unserem Dienstherren gehen? Vielleicht gibt es auch einen anderen Aufenthaltsort für dich.«

»Doch, ich möchte ihn gern kennenlernen, wenn er mir Fragen beantworten kann.«

»Er kennt sich kaum besser aus als unsereins. Allein er gibt mächtig an. Und er schwatzt gern, davon kann er nicht genug bekommen. Wenn du auch gern schwatzt, ist er für dich der ideale Partner. Ich glaube, er bleibt noch lange bei uns.«

»Warum? Ist das eine Art Durchgangsstelle, wo Cornelius wohnt?«

»Wohnt? Hier wohnt niemand.«

»Wo er seinen Sitz eingenommen hat?«

Der Bayer schüttelte den Kopf. »Wir reden hier nicht so. Solch avantgardistisches Vokabular sind wir nicht gewohnt. Ich führe dich zu Cornelius. Er mag Anfänger, bei denen kann er sich am besten hervortun.«

Wir gingen über den Friedhof. Einmal sah ich eine grün gekleidete Frau tanzen, weit, weit hinten, nur eine Sekunde lang. Dann ein Kind mit einem Hund, ein Mann in Ritterrüstung. Jeweils nur Sekundenbruchteile. Oh? Der dicke Mann, den ich vor ein paar Tagen beobachtet hatte, kam in einer Höllengeschwindigkeit auf uns zu. Nichts erinnerte mich an seine Langsamkeit. Er bog nach links ab, beachtete uns nicht. Er verblasste nicht.

Ich blieb stehen. Er setzte sich auf dieselbe Bank wie vor ein paar Tagen.

»Mit dem solltest du dich lieber nicht abgeben«, sagte mein Begleiter. »Er hält sich für was Besseres.«

»Neulich hat er sich wie eine Schnecke bewegt, hatte er das gespielt?«

»Bestimmt nicht«, sagte der Bayer. »Wir sind für ihn die Schnecken, um in diesem närrischen Bild zu bleiben. Ihn hat es nicht so horribel getroffen.«

Wir gingen weiter.

»Wie darf ich dich bei Cornelius vorstellen?«, fragte er.

»Bambell.«

»Stimmt. Das hat auf dem Grab gestanden. Wofür steht das J?«

Ich dachte nach. Reto hatte meinen Vornamen erwähnt.

»Vergessen?«, fragte mein Begleiter.

»Bambell genügt.«

»Ich kann dich auch JB nennen. Die meisten verwenden nur ihre Initialen. Ich bin KE.«

Er schwebte weiter. »Deine Geschwindigkeit übertrumpfe sogar ich.«

Wir zogen quer über die Gräber, direkt auf den alten Gitterzaun zu, der nur wenige Grabstellen von meinem entfernt lag.

Der dicke Mann erhob sich von der Bank, wandte sich ebenfalls dem schwarzen Gitter zu und entwich. Hatte er bei der ersten Begegnung beinahe unbeweglich fünf Tage lang auf derselben Bank gesessen, gestikulierte er diesmal derart schnell, dass ich ihm kaum mit den Augen folgen konnte.

»Er fasziniert dich«, sagte der Bayer und berührte die Umzäunung.

»Warum ist er nur so schnell geworden?«, fragte ich.

»Er war nie langsam«, antwortete mein Begleiter. »In seiner Zeit lebten die Menschen noch in mystischen Vorstellungen, da konnte der Mann sich die Welt noch nicht so real vorstellen wie unsereiner.«

»Aus welcher Zeit stammst du denn?«

»Aus der Mitte des neunzehnten Jahrhunderts.«

»Aha«, sagte ich. Sollte ich ihm glauben?

»Und du?«, fragte er zurück. »Ich habe es auf dem Grabstein gelesen, aber ich habe es wieder vergessen. Aus dem zwanzigsten Jahrhundert?«

»Dem einundzwanzigsten.«

»Wie die Zeit vergeht.«

»Anfang einundzwanzigstes.«

»Trotz sich mehr als hundert Jahre zwischen uns dehnen, stehen wir doch vor demselben Gitterwerk.«

Auf einer Tafel am schwarzen, zwei Meter hohen Gitter stand geschrieben, das sei der

Originalzaun, er sei bei der Einrichtung des Städtischen Armenfriedhofs achtzehnhundertfünfzig angelegt worden. Die Zäune auf den anderen Seiten hätten weichen müssen, damit der Friedhof vergrößert werden konnte.

»Ich gehe immer hier hinüber«, sagte der Bayer. »Hier steht noch das gewohnte Gitterwerk.«

Ich nickte.

»Willst du lieber einen Gitterzaun aus deinem Jahrhundert passieren?«

Das andere Ende des Friedhofs war kaum zu sehen. Ich hätte Tage gebraucht, um das Gelände zu überqueren.

»Wo finden wir Cornelius?«, fragte ich.

»Finden? Du redest immer eigenartiger.«

Ich hielt die Hand vor den Mund.

»Geduld«, sagte er. »Bis zu ihm benötigst du noch eine kleine Ewigkeit. Ich könnte rascher gehen, aber du …«

Ich streckte einen Arm nach ihm aus.

»Keine Angst, ich geleite dich.«

»Danke«, flüsterte ich.

Nach langen Minuten – oder waren es Stunden? – waren wir durch das Gitter gedrungen und hatten den Bürgersteig überquert. Noch zweimal sah ich für Sekundenbruchteile jemanden über die Straße gehen. Einmal ein Herr mit einem spitzen Hut, einmal eine Frau mit einem Bären an der Leine. Ich bedauerte, dass ich Schritte machen musste. Das Schweben funktionierte, seit für mich die Sonne untergegangen war, nicht mehr. Wir betraten die Straße. Auf der anderen Seite stand ein Mann, der uns winkte.

Wieder eine Fata Morgana?

»Das ist Cornelius«, sagte mein Begleiter.

Stimmt. Er blieb am Ort. Die Hose weit und violett, um die Brust ein altertümliches Jackett mit vielen Orden. Ich winkte zurück.

Die Straße war leer, auch kein Geräusch von näher kommenden Fahrzeugen.

»Wo sind nur all die Autos hin?«, fragte ich.

»Was soll dieser Ausdruck nun wieder bezeichnen? Du meinst Dampfautomobile? Wer kann sich so eines schon leisten?«

»Oder Kutschen. Zu deiner Zeit gab es Kutschen«, sagte ich.

»Na, na«, sagte er und schnalzte mit der Zunge. »Angeblich rauschen die Kutschen nur so an uns vorbei. Derart schnell, hat Cornelius einmal gesagt, dass unsereiner sie nicht wahrnehmen kann.« Er schüttelte den Kopf, als hielte er die Erklärung für blanken Unfug.

Der Straßenbelag war fleckenlos, wie neu geteert. Nein, kein Teer, Unschärfe war es, die über dem Boden lag und die Makel verwischte. Ich klopfte mit dem Fuß auf den Boden. Er bestand aus Stein, ohne einen darüber schwebenden Lichtschein. Hart, trotzdem leicht unscharf. Und der Rinnstein? Er war frisch gereinigt. Es blies kein Lüftchen.

»Gibt es ab und zu Wind?«

Er schüttelte den Kopf. »Wir haben nur noch rationale Verhältnisse um uns. Unsere Welt ist fest und stabil.«

Hinter Cornelius stand das Haus mit den tiefen Fensterlöchern, auf das Julia mich aufmerksam gemacht hatte. Ja, es sah noch ebenso burgähnlich aus wie eben, als für mich noch die Sonne geschienen hatte.

»Wunderbar, Karl Ernst«, rief Cornelius über die leere Straße. »Du geleitest einen Neuankömmling zu mir. Wie ist sein ehrenwerter Name?«

»Wie heißt du noch mal?«, flüsterte mein Begleiter.

»Bambell.«

»Ein gewisser Bambell«, rief Karl Ernst zurück. »J. Bambell.«

»Schöner Name«, erwiderte Cornelius. »Aus dem Ausland?«

»Jetzt beginnt er mit der Konversation. Am besten antwortest du selbst«, flüsterte Karl Ernst.

»Ich habe immer hier gelebt«, rief ich.

Cornelius drehte den Kopf zum Haus links, dann nach rechts.

»Hier?«, fragte er und zeigte auf das rechte Haus.

»Nein«, antwortete ich. »Mit der Straßenbahn eine halbe Stunde von hier entfernt. Hier bin ich begraben worden.« Ich zeigte mit dem Daumen nach hinten.

»Wir besuchen zusammen deine ehemalige Herberge. Einverstanden?«, rief er mir zu.

»Meintest du eine halbe Stunde im lebenden Zustand?«, flüsterte Karl Ernst.

Ich bejahte.

»Dann liegt der Ort für uns eine Ewigkeit entfernt. Willst du wirklich mit Cornelius zu deinem Geburtshaus wandern und ihn endlos auf dich einreden lassen? – Er redet sowieso nur so daher, er denkt nicht daran, unser Anwesen zu verlassen.«

»Vielleicht ist mein Haus doch zu weit von hier!«, rief ich Cornelius zu.

»Wir haben Zeit«, lautete die Antwort.

Ich sah auf meine Füße, sie schritten normal schnell über den Boden, dennoch kam ich kaum voran; es war, als liefe ich auf einem Laufband, das sich in die entgegengesetzte Richtung bewegte. Karl Ernst bewegte seine Füße nicht, er glitt Millimeter für Millimeter neben mir. Ich hielt meine Füße still, wollte versuchen, wieder zu schweben wie damals, als noch normales Tageslicht um mich war. Es klappte nicht.

»Du lernst das noch«, sagte Karl Ernst mit Blick auf meine Füße.

Das Armschlenkern, das Wenden des Kopfes, meine gesamten Bewegungen konnte ich in normaler Geschwindigkeit machen, nur mit den Füßen kam ich nicht voran.

»Ich konnte auch schweben«, sagte ich. »Warum jetzt nicht mehr?«

Karl Ernst schüttelte den Kopf und machte einen Gesichtsausdruck, als würde er »Unfug« sagen.

»Aber erst machen wir es uns bei einem Schwatz gemütlich«, rief Cornelius zu uns. »Willst du ein Getränk? Soll ich etwas bereitstellen?«

Er bewegte die offenen Hände nach unten – das sollte wohl bedeuten, ich solle mir Zeit lassen. Er hatte bemerkt, wie ich mich wunderte, dass ich nicht mehr schweben konnte. »Was soll ich bereitstellen?« Bei diesen Worten grinste er.

»Er schwatzt«, flüsterte mir Karl Ernst zu. »Zu trinken gibt's nichts.«

»Gin? Bourbon? Oder ziehst du reines Wasser vor?«

»Haben Sie auch einen Kaffee?«, rief ich über die Straße, als dröhnte der dichteste Verkehr.

»Er hat nichts«, flüsterte Karl Ernst.

»Warum bietet er mir dann was an?«, fragte ich leise zurück.

Cornelius drehte sich schleichend um. Wir warteten, bis er uns den Rücken zugekehrt hatte.

»Er redet. Dahinter steckt nichts, absolut nichts«, sagte Karl Ernst.

Für die Strecke über die Straße brauchten wir Stunden. Aber so genau konnte ich es nicht sagen, der Zeitbegriff war mir abhandengekommen. Cornelius war im Hausinneren verschwunden. Als wir vor dem Gebäude standen, wischte ich mir über die Stirn.

»Na, na«, sagte Karl Ernst. »Wir haben einen gemütlichen Spaziergang gemacht.«

Ich bemerkte einmal mehr, dass ich meinen Kopf berühren konnte. Auch meine Hand sehen, meinen Arm.

»Hast du früher auch keine Geister sehen können?«, fragte ich Karl Ernst.

»Geister?«

»Tote, die umherwandeln.«

»Ich bin tot, ja, wir alle sind tot.« Er zeigte zum verschlossenen Holztor. »Wo sollen wir deiner Meinung nach umherwandeln?«

»Hier, auf der Straße, in der Stadt.« Ich machte eine Geste zur Straße.

Karl Ernst schüttelte den Kopf. »Wir besuchen unsere Grabstätte und kehren wieder hierher zurück. Wir wandeln nicht umher. Cornelius parliert bloß manchmal davon.«

»So? Ich war eben noch an verschiedenen Orten. Dort, wo ich zu Lebzeiten gewohnt habe, einmal bei meiner Tochter, auch bei einem Medium.«

»Du machst Sachen«, sagte Karl Ernst. »Wer will denn zu seinem früheren Haus?«

»Hat es dich nie an den Ort gezogen, an dem du den größten Teil deines Lebens verbracht hast?«

»Vielleicht am Anfang. Daran kann ich mich nicht mehr erinnern.«

Ich schaute ihm anscheinend zu lange ins Gesicht.

»Was erregt deine Aufmerksamkeit? Sitzt mein Toupet schief?« Er langte an sein Haar, schob mehrmals die Kopfhaut hin und her und nahm eine kleine Perücke ab. »Von IQ, unserem frommen Wissenschaftler.« Er setzte seine falschen Haare wieder auf.

Cornelius trat aus dem Tor. »Da bist du, hoheitsvoller J. Bambell, lässt einen warten.« Er machte eine Geste zu dem burgartigen Haus und verneigte sich.

Ich trat direkt durch die Mauer ein, bis zur Tür wären es ganze vier Schritte mehr gewesen. Auch im Inneren der Mauer musste ich mit den Beinen treten. Es war kühl und dunkel; lange, lange durchdrang ich den Stein.

Cornelius stand schon im Saal, als ich aus der Wand trat.

Er schüttelte den Kopf. »Nicht gut, wie träge du dich bewegst.« Er zeigte auf einen der Sessel.

Ich setzte mich. In der Zwischenzeit trug er einen Tisch heran und deckte ihn mit allerlei Gegenständen, ein Trinkgefäß war nicht dabei.

»Das hat alles unser IQ geschaffen«, erklärte Cornelius und fuhr mit den offenen Händen über die Gegenstände. »Um nicht zu sagen: gesammelt.«

Ich saß im Sessel, streckte meinen Rücken und begutachtete die Objekte.

Cornelius hob die Hand. »Er sagt sammeln, ich sage schaffen. Und KE sagt entwenden. Jedem sein Wort.«

»Sie meinen, er hat die Dinge angefertigt?«, fragte ich.

»Wir duzen uns.« Er schmunzelte. Dann fuhr er fort: »Eigentlich nicht. Wahrscheinlich hat er sie tatsächlich gesammelt, nur geht das für unsereiner nicht. Er muss Zauberkräfte haben.«

»Wo sind wir hier eigentlich?« Ich lehnte mich zurück.

»Stimmt, die Einführung. In deinem Fall überspringen wir sie besser, bei deiner Schwerfälligkeit kommen wir sonst nirgendwohin.«

»Ja, das ist auch so was. Warum kann ich auf einmal nur noch so langsam gehen?«

Wieder drückte er die flache Hand nach unten. »Sachte, sachte. Der Reihe nach. Erst erkläre ich dir, wo du dich befindest.«

Ich beugte mich vor.

»Bei uns. Bei den Toten.« Er nickte, wartete.

»Das heißt, ich bin tot?«

»Endgültig«, sagte Cornelius.

»Wir alle?«

»Alle.«

»Und wo sind die Lebenden?«

Er zeigte zur Tür.

»Ich habe niemanden da draußen gesehen.«

»Gesehen nicht. Sie sind da, für uns jedoch nicht wahrnehmbar.«

Ich nickte, das war es also. Zuerst hatte ich die Toten nicht sehen können und hatte mich unter den Lebenden bewegt. Jetzt war es umgekehrt.

»Warum habe ich zu Anfang noch die Lebenden gesehen?«

Cornelius setzte sich in den anderen Sessel.

»Du hast lebende Menschen gesehen?«

»Ja, zu Hause, auf der Straße …«

»Wen?«, unterbrach er mich.

»Meine Nachfolger in meinem eigenen Haus, später auch meinen Arbeitskollegen und ein Medium.«

Er nickte. Plötzlich legte er die Stirn in Falten, stützte sein Kinn auf die Handfläche und langte mit dem Finger an seine Lippen. »Medium? Dieses moderne Zeug?«

»Modern? Aus welcher Zeit stammst du denn?«

Er schüttelte den Kopf. »Vom Anfang des achtzehnten Jahrhunderts, ist eine Ewigkeit her.«

»Müssen wir so lange dableiben?« Ich sah mich im Raum um: ein großer Rittersaal, leer bis auf den Tisch und die zwei Sessel, die Wände aus nackten, meterdicken Steinen, zumindest die zur Straße hin.

»J. Bambell«, sagte er und schloss seinen Mund.

Ich sah ihn an.

»Wo bleibt dein Benehmen?«

Ich ließ die Augen über den Tisch mit den Gegenständen schweifen.

»Ich bin dein Gastgeber und erwarte Zurückhaltung. Zuerst stelle ich die Fragen, anschließend kannst du deine Neugierde befriedigen.«

Er wartete eine Weile, dann fuhr er fort: »Sogenannte Medien gab es zu meiner Zeit nicht, sie sind erst viel später und aus einer Hilflosigkeit der Menschen entstanden. Sie versuchten, mit ihrer Hilfe in unsere Welt zu schauen. Doch das können seit jeher nur über Jahrzehnte geschulte Priester und Eingeweihte. Selbst wir, die wir tot sind, haben diese Möglichkeit nicht.«

Versonnen schüttelte ich den Kopf, er bemerkte meinen Blick.

»Bist du anderer Meinung?«

»Mein Medium war jung, sie hatte keine jahrzehntelange Ausbildung, aber sie konnte mit mir kommunizieren.«

Er schnitt mir mit einer Handbewegung das Wort ab. »Red nicht weiter. Wer glaubt schon solchen Unfug, du etwa?«

»Na, bis jetzt nicht, aber …«

Er machte ein Gesicht, als ob er »Na also!« sagen würde.

Ich zeigte nach links und rechts. »Wir sehen die übliche Welt, diesen Saal, die Straße draußen. Also ist es doch denkbar, dass ein Lebender umgekehrt zu uns schauen kann.«

Cornelius wedelte mit dem Zeigefinger. »Nichts sehen wir. Ein Trugbild, imaginäres Gemäuer. Das hat unser IQ geschaffen. Und die Straßen draußen – auch nur ein Bild für uns. Ein letzter Hauch aus der Vergangenheit, damit wir uns an sie erinnern.«

»Und der Friedhof mit den Grabsteinen?«

»Der Friedhof, ja«, sagte er. »Womöglich auch ein paar Straßenzüge auf der anderen Seite des Friedhofs, doch so bedächtig, wie wir vorwärtskommen, bleibt uns die Sicht darauf verwehrt.«

»Warum sind wir so … so … Wie soll ich mich ausdrücken?«

»Warum diese Bummelei? – Verwende getrost profane Worte.« Er ließ sich in die Lehne fallen, überschlug die Beine und streckte die Arme weit nach links und rechts über die Armlehne. »Das ist unser Ort der Verdammnis. Manche sagen, wir schmorten in der Hölle, andere behaupten, wir säßen im Himmel. Beides ist nicht wahr.«

Er erhob sich und forderte mich auf, ihm zu folgen. Ich stand ebenfalls auf. Doch kaum hatte er einen Schritt getan, drehte er sich wieder um. »Ich habe vergessen: Du kommst schlecht voran. Du bist ein verkorkster Fall.«

»Wie darf ich das verstehen?«

»Schau, wir sind die Realisten. Die, die an nichts glauben – weder an Gott noch an den Teufel. Und deshalb sind wir auch weder in einen Himmel eingegangen noch schmoren wir in der Hölle. Jede Seele gelangt dorthin, wo ihr Glaube liegt, habe ich inzwischen erfahren. Und unser aller Sinn war nüchtern und fest auf dem Boden verankert.« Er hob sein Bein und stampfte dreimal auf den Stein.

»Mein Medium hat mir erklärt, dass wir ein Drittel unserer Lebenszeit als Tote umherwandeln und danach in den für uns bestimmten Bereich kommen.«

Cornelius lächelte. »Wir nicht. Unsereins kommt direkt in diesen sogenannten Bereich. – Hast du je geliebt?«, fragte er unvermittelt.

Ich wollte den Mund auftun, doch er stoppte mich sogleich.

»Ich kann für dich antworten: Nein. Mag sein, du bist verheiratet gewesen. Wer nicht? Wir alle haben aus rationalen Gründen geheiratet. Aber geliebt?«

»Bei mir war das anders.«

Er redete tatsächlich ein bisschen viel, Karl Ernst hatte mich gewarnt. Vor allem ließ er einen nicht ausreden.

Cornelius schüttelte den Kopf. »Vielleicht hast du ein-, zweimal ein Techtelmechtel gehabt, aus welchen Gründen auch immer, jedoch nicht der Liebe wegen, vielmehr, ich sage es nicht gern, aus egoistischen Gründen. Na? Hattest du ein Techtelmechtel?«

»Ich bin nie fremdgegangen.«

»Und du hast deine Frau geliebt?«

Ich bewegte den Fuß hin und her und überlegte.

»Du hast von früh bis spät rational gelebt«, sagte er.

Er hatte recht. Dennoch widersprach ich. »Als meine Frau gestorben war, ging es mir nicht gut, ich ...«

Er wedelte mit der Hand, sodass ich nicht weitersprechen konnte. »Dir ist die Gewohnheit gestorben.«

Er erhob sich und entschwand durch die Mauer hinten im Saal.

Hatte ich zu sehr widersprochen, war er verärgert?

Ich sah zur Mauer, in der er verschwand. Dann schaute ich mir die Gegenstände auf dem Tisch an. Sie sahen wie Artefakte aus, nutzlose und ganz verschiedene Dinge. Ich stutzte: Julias Handschrift auf einem Stück Papier! Ich zog es hervor. *Lieber Jakob ...* Der Brief.

Cornelius kam zurück. »Du hast also ein Kultstück gewählt?« Er setzte sich. Dann schoss er wieder hoch, rief: »Das Billet? Nein!« Er stellte sich neben mich und beugte sich zu mir herunter. »*Jakob* steht in der Anrede. Hast du etwa auch Jakob geheißen?«

Ich nickte.

Er setzte sich erneut mir gegenüber. »Was bist du für eine verlorene Seele! Beinahe so träge wie unsere Erdmuthe und klaubst aus IQs Symbolen das Billet hervor.«

Der Zimmerbezug

Ich wurde ins Zimmer von Erdmuthe einquartiert. Einem Gemach würden immer zwei Tote zugewiesen, erklärte mir Cornelius, doch zu Erdmuthe habe im vergangenen Jahrhundert niemand gepasst, also während der Zeit, in der er sich um die Belange der Bewohner dieses Anwesens gekümmert habe; so habe er ihr auch niemanden zuweisen können. Jetzt sei endlich jemand noch Schleppenderes eingetroffen. Ich war gemeint.

Erdmuthe saß auf einer Pritsche, den Blick nach unten gerichtet. Sie sah wie vierzig Jahre alt aus und war schmächtig. Ich setzte mich auf die Pritsche gegenüber.

»Hallo«, begrüßte ich sie.

Sie antwortete nicht und bewegte sich auch nicht. Ich erhob mich, trat an sie heran und beugte mich zu ihrem Gesicht hinunter. Ihre

Augen waren glasig, der Schädel kahl geschoren, einzelne Haare sprießten hervor.

Ich legte das Handtuch, das Cornelius mir mitgegeben hatte, auf mein Bett und ging zurück in den Rittersaal.

»Oder sind schon zweihundert Jahre verstrichen?«, fragte Cornelius in sich gekehrt, als ich ihm gegenüber Platz nahm.

»Seit wann verstrichen?«, fragte ich.

»Seit ich hier weile.«

Es klopfte.

»Ein Neuankömmling!« Cornelius schwebte zur Außentür. Kurz davor wandte er sich noch einmal zu mir um. »Du wunderst dich vielleicht, warum ich durch die Tür gehe – ich könnte genauso gut durchs Gemäuer gehen.«

»Nein, das wundert mich nicht. Wieso sollte es das?«, antwortete ich.

»In dem Fall habe ich dich falsch eingeschätzt.« Er kam zurück und setzte sich mir gegenüber. »Ich gleite durch die Tür ins Freie, wie es sich geziemt. Wir müssen die Etikette wahren. Drinnen können wir meinethalben von einem Raum zum anderen durch die Mauer segeln, aber nicht nach draußen.«

»Wartet nicht jemand vor der Tür?«, unterbrach ich ihn.

»Er soll warten.« Cornelius machte eine abfällige Handbewegung. »Ist er ungeduldig, sucht er sich eine andere Herberge. Unsere ist sowieso komplett.«

Es klopfte nicht wieder. Der Ankömmling musste weitergezogen sein.

»Vielleicht haben sich Kinder einen Spaß erlaubt?«

»Lebende?«, fragte Cornelius.

Ich nickte.

»Vergiss die Lebenden. Hier kommen nur Tote vorbei, die zu uns passen. Für die Lebenden und auch für die anderen Toten sind wir nicht existent.«

»Ich dachte, ich kann jetzt Geister sehen, alle Toten.«

»Nein«, antwortete er. »Einem Neuankömmling geraten sekundenweise Tode anderer Schichten ins Gesichtsfeld. Das vergeht bald.«

»Bei mir ist das jetzt noch so«, sagte ich.

Cornelius schüttelte den Kopf.

Es stimmte, er blieb immer konstant vor meinen Augen. Und der Boden hier drinnen war klar.

»Und die Unschärfe?«, fragte ich.

»Einbildung. Neuankömmlinge müssen sich an die neue Umgebung gewöhnen.«

»Karl Ernst ist doch einer von uns?«, fragte ich. »Ihn sah ich zeitweise nicht.«

»Das geschieht dir nicht mehr«, sagte Cornelius. »Du bist angekommen und träge, wie es sich für uns gehört. Deine Langsamkeit übertrifft sogar die unsrige.«

Ich schaute ihn fragend an.

»Wir leben in unserer eigenen Schwingung, würde ein lebender Geistarbeiter aus der Neuzeit sagen. Jeder Tote erkennt nur die Individuen aus einem bestimmten Bereich, einem meist sehr engen. Unserer bewegt sich in der unteren Region.«

Er strich mit beiden Händen über die Armlehnen.

»Eine Welle unserer Schwingung, also ein Wimpernschlag, entspricht einer Woche bei den Lebenden«, sagte er. »Oder verstehst du nicht, was ich mit Geistarbeiter meine? Du stammst doch aus dieser Zeit. Oder sagt ihr Geistesarbeiter?«

»Du meinst Wissenschaftler?«

»Oh! Hat sich das Wort im neunzehnten Jahrhundert gewandelt?«

»Ich komme aus dem einundzwanzigsten Jahrhundert.«

»Ja, übertreibe nur mit dem Jahrhundert.«

»Du glaubst mir nicht?«

»Ich unterstelle dir in keiner Weise, dass du lügst.« Er unterstrich seine Aussage mit wedelnden Händen. »Hier sagt jeder das, was er zu wissen glaubt. Zum Beispiel behauptet Karl Ernst, er treffe jedes Mal Neuankömmlinge an, wenn er über den Friedhof schwebt. Doch wenn ich ihm sage, er solle sie zu mir führen, tut er das höchst selten. Oder war das Gelände tatsächlich voll von suchenden Seelen, als er dich zu mir geleitet hat?«

»Konstant habe ich nur einen Mann gesehen«, sagte ich. »Ob er was suchte, konnte ich nicht erkennen, er bewegte sich wie der Blitz. Ich habe ihn ein paar Tage zuvor beobachtet. Damals kam er kaum vom Fleck.«

»Kaum vom Fleck«, wiederholte Cornelius nachdenklich. »Du meinst unseren Ludwig?« Wieder sagte er: »Kaum vom Fleck.« Er lachte auf und wurde wieder ernst. »Er gehört eigentlich nicht zu uns, er bewegt sich viel zu schnell, unsereins kann ihm nicht folgen. Ich vermute, es gefällt ihm, sich von uns abzuheben.«

»Wann ist er hergekommen?«

»Zu der Zeit war ich noch nicht zugegen. Mein Vorgänger hat die Eingänge nicht sorgfältig geprüft. Jetzt muss ich korrigieren, unstimmige Bewohner wegweisen, passende suchen. Für deine Zimmergenossin habe ich es endlich geschafft.«

»Du meinst, indem du mich in ihr Zimmer einquartiert hast?«

»*Eingewiesen* würde eher zutreffen. Deine Gegenwart soll sie zu den Seelen zurückführen. Und dann geht sie hoffentlich bald.« Er ließ den Blick über die Artefakte schweifen. »Ich konnte sie bis jetzt nicht dazu bewegen, einen Gegenstand auszuwählen. Ihre Wahl hätte mir vielleicht Aufschluss darüber gegeben, was in ihr vorgeht.« Er nickte. »Jetzt übergebe ich sie in deine Hände. Stoß sie an, bring sie in Bewegung.« Er lächelte.

»Das ist kaum möglich. Sie wirkt wie eine leblose Puppe.«

»Leblos sind wir alle. Um nicht zu sagen lieblos. Siehst du hier in unseren Gemäuern irgendwo gemeinschaftliches Verhalten?«

»Ich habe noch niemand anderen getroffen.«

»Eben.« Cornelius legte eine Hand auf sein Knie. »Wir sind neunzig an der Zahl, doch keiner zeigt sich, alle weichen einander aus.« Er ließ den Kopf hängen. »Manchmal habe ich das Gefühl, wir sind nicht todesfähig – ein Wort, das nicht existiert, ebenso, wie wir nicht existieren.«

»Nun, Karl Ernst habe ich gesehen«, erwiderte ich.

»Das war ein einziges Mal.« Cornelius strich sich über das schüttere Haar und sah mich wieder mit festem Blick an. »Er hat dich zu mir gebracht. Er glaubt, dadurch wächst bei mir sein Ansehen. Aber in mir regt sich nichts. Ich sage ihm das nicht, damit er mir weiter Neuankömmlinge zuführt.«

»Ich dachte, das Haus ist voll.«

»Ja und nein.« Cornelius lehnte sich zurück und streckte die Füße unter den Tisch. »Zahlenmäßig sind wir überbelegt. Doch wem begegne ich? Wer schenkt mir ab und zu eine Plauderstunde? Nur du, unser Neuankömmling. Dafür bedanke ich mich.«

»Nun ja, ich bin gern informiert.«

»Es kann allerdings auch sein, dass der eine oder andere abreist, ohne sich zu verabschieden. Unerfreulich. Womöglich ist unsere Herberge weitestgehend leer, und ich bin der Einzige, der das nicht bemerkt hat.«

»Sollen wir nachsehen?« Ich erhob mich.

Auch er stand auf. »Geh du besser zu Erdmuthe.«

Ich zögerte wohl zu lange, denn er fügte hinzu: »Ehrenhaft, wie du mich gelegentlich für eine Konversation besuchst, doch kümmere dich bitte präferiert um Erdmuthe. Sie braucht Kontakt mit einer Seele ihrer Trägheit.« Er deutete mit einer Hand zum Durchgang, der in die oberen Etagen führte. Mit der anderen griff er nach dem Schreiben von Julia, das auf dem Tisch lag.

Ich wollte Cornelius fragen, wie der Brief hierhergekommen war, machte den Mund auf, doch er winkte mich von Neuem zur Treppe.

So tippelte ich zur Treppe. Auf dem Weg dorthin drehte ich mich noch einmal um. Cornelius hatte sich wieder gesetzt und beugte sich über Julias Brief.

Erdmuthe saß immer noch am Rand ihrer Liege, doch ihr Blick war zur Tür gerichtet.

»Hast du mich bemerkt? Schaust du deshalb nach oben?«

Langsam bewegten sich ihre Lippen. Ich erinnerte mich, wie Julia ihre Sprechgeschwindigkeit der meinen angepasst hatte, und wiederholte meine Fragen, diesmal jedes Wort betont und in die Länge gezogen. Ich brauchte viel Zeit dafür. Dann wartete ich.

Von ihren Lippen konnte ich ein Ja ablesen, gehört hatte ich nichts. Neben ihr lag ein Handtuch, zusammengelegt und, wie es aussah, noch frisch. Auf der anderen Seite lag ein braun-beiges Gewand, kunstvoll zusammengefaltet. Mit Daumen und Zeigefinger hielt sie einen Zipfel des Stoffes fest und hob den Arm Millimeter um Millimeter an.

»Willst du schlafen gehen? Ist das dein Nachthemd?«

Ich entdeckte kein Fenster und keine Luke, die nach draußen führte. Trotzdem war das Zimmer im gleichen Grauton erhellt wie jeder Gegenstand. Ich erhob mich, zog den Stoffballen unter Erdmuthes Fingern hervor und faltete ihn auf. Ja, es hätte ein Nachthemd sein können, ein historisches, aus Leinen. Ihre Hand schwebte auf mich zu.

»Helfen«, verstand ich.

»Ich soll dir helfen?«

Sie schloss in Zeitlupe die Lider, senkte den Kopf und hob ihn wieder an. Der rechte Ellenbogen krümmte sich gemächlich, bis die Hand auf ihrem Kleid landete.

Ihre Gelenke waren recht geschmeidig, als ich sie aufstellte. Ich zog ihr das Kleid aus, stülpte ihr das Leinenhemd über, legte sie sanft ins Bett und wünschte ihr eine gute Nacht. Sie lächelte.

Ich legte mich ebenfalls hin, konnte aber nicht schlafen, ja, ich hatte kein Bedürfnis dafür. Cornelius hatte noch einmal nach Julias Brief gegriffen, ging es mir durch den Kopf.

Erdmuthe hatte die Augen offen und lächelte mich weiter an. Ich erhob mich.

In dem Moment begann auch Erdmuthe sich zu erheben. Zumindest schien sich ihr Körper langsam aufzurichten, ihr Kopf war erst ein paar Fingerbreit über dem Bett. Ich spazierte durch den Flur, von dem fünf weitere Zimmer abgingen. Keines besaß eine verschließbare Tür, keines ein Fenster. Und in keinem sah ich einen Toten oder sonst jemanden oder etwas. Nicht einmal ein leeres Bett. Es waren einfach kahle Räume mit unverputzten Mauern.

Die Treppe führte weitere drei Etagen nach oben. Auf jeder Etage gab es sechs Zimmer, jedes war leer.

Ich tippelte in den Rittersaal.

Cornelius saß noch immer im Sessel, den Brief von Julia in der Hand, und schüttelte den Kopf.

»Die Zimmer oben sind leer. Gibt es hier unten noch welche?«

»Im Kellergewölbe befinden sich noch sechs.«

Ich machte kehrt und wollte zur Treppe zurück, doch ich erinnerte mich, es führten keine Stufen weiter hinunter.

»Lass das Suchen«, sagte Cornelius. »Die Kammern der oberen Etagen sind sehr wohl belegt. Die Seelen sind bloß eben sämtlich ausgeflogen. Sie besuchen ihre alten Grabstätten.«

»Die Zimmer sind aber auch nicht möbliert?«

Er winkte ab.

»Wurde denn jeder auf diesem Friedhof begraben?« Ich zeigte zur Außentür.

Er schüttelte den Kopf, wieder in die Notiz von Julia vertieft. »Manche müssen Wanderungen von mehreren Zeiträumen auf sich nehmen, um dem Ort ihrer Beisetzung einen Besuch abzustatten.«

Ich setzte mich ihm gegenüber, er schaute auf. »Das gibt es nicht. Einer von uns wählt nicht einfach so das Billet.« Er las einen Abschnitt, sah wieder auf. »An dem Billet ist nichts Besonderes, nicht einmal eine Zeichnung oder ein Symbol, das an einen Gegenstand erinnert. Bloß schnörkellose Buchstaben. Was zieht dich zu diesem Kultstück?«

»Das sind Julias Abschiedsworte.«

Cornelius beugte sich abermals über den Brief und nickte. »Das Schreiben war also an dich adressiert. Es ist dir zu Lebzeiten aus einem mir nicht näher bekannten Grund entgangen, hätte in dir einen Ansporn entfachen sollen. Habe ich recht?«

»Nein. Ich habe den Brief gleich damals gelesen, als Julia ihn geschrieben hatte. Ich war zu dem Zeitpunkt bereits tot.«

»Wie? Das verstehe ich nicht. Seit wann schreiben Tote einander Briefe?«

»Sie lebt. Sie ist das Medium, das mir den Weg ins Totenreich gewiesen hat.«

Er legte den Brief auf den Tisch, marschierte zur hinteren Mauer und drehte sich noch einmal um. »Wie hat sie geheißen?«

»Julia.«

Er entschwand durch die Steine.

Ich nahm Julias Zeilen und las sie noch einmal durch. Warm rieselte es mir über den Rücken.

Cornelius kam zurück. »Es gibt sie nicht, zumindest nicht in unseren Gefilden.«

»Wohl kaum, Julia lebt noch.«

»Ach«, sagte er und blieb auf halbem Weg zwischen der Mauer und dem Sessel stehen. »Soll ich weitere Nachforschungen anstellen?«

Ich erhob mich, sagte: »Ja, bitte«, und eilte auf ihn zu.

»Ich kann manchmal jemanden kontaktieren, bin gewissermaßen das Gegenstück zu einem irdischen Medium.« Er sah sich im Raum um. »Daher mein Wissen.«

»Im Ernst? Kannst du Kontakt zu ihr aufnehmen?«

Er legte die Hand auf meine Schultern und geleitete mich zu den Sesseln zurück.

»Darf ich dich aufklären?«

Ich nickte.

»Das ist Unfug. Niemand von hier kann mit den Lebenden korrespondieren, so wenig, wie das die Lebenden mit uns tun können.«

Ich senkte den Kopf.

»Ich tue nur so, als könnte ich mit diesen Wesen Kontakt aufnehmen. Ab und zu prahle ich ein bisschen und gebe mich als Medium aus. Was die Lebenden können, kann ich längst.«

»Also mediierst du nicht?«

»Ich vollführe Ähnliches.«

»Und hast du nie Kontakt mit jemandem aufnehmen können?«

»Doch, oft sogar. Mit anderen Toten. Wir können die Leben-Tod-Linie nicht überspringen und auch nicht mit jeder toten Seele in Kontakt treten – nur mit solchen in unseren Verhältnissen. Es gibt viele, viele solche Zufluchten, worin sich die rationalen Seelen sammeln. Wir Mediierende, besser: Auskundschafter, spekulieren gemeinsam und tragen unser Wissen zusammen.« Er nickte und sah mich von der Seite an. »Was wollen wir schon von für uns fremdartigen Toten oder gar von Lebenden erfahren?«

»Vielleicht hattest du schon, ohne es gemerkt zu haben, Kontakt zu einem Lebenden?«

Er winkte ab. »Die Lebenden können auch nur mit ihresgleichen kommunizieren. Sprechender Telegraf nennen sie die Vorrichtung. Zu meiner Zeit hieß das noch Briefpost.« Cornelius zeigte auf Julias Brief und die anderen Artefakte auf dem Tisch. »IQ sammelt die Dinge der Lebenden.«

»Julia konnte tatsächlich mit Toten kommunizieren!« Zur Bekräftigung nickte ich energisch. »Sie hat zum Beispiel mit einem George Kontakt aufgenommen.«

»George? Verwechselst du nicht etwas? Hast du diesen ominösen Herrn George mal gesehen?«

»Natürlich!«

»Und? Wie sah er aus?«

»Er war ein Junge.«

»Siehst du. Ein quicklebendiger Junge.«

»Julia sagte, er bediene sich eines lebenden Körpers.«

Cornelius wiegelte ab. »Du bringst ein Durcheinander in unser Gespräch! Wenn ein George kurzfristig einen Jungenkörper in Besitz nimmt, nennt sich das Transformation. Eine Aktion unter Lebenden.«

»Ich habe ihn doch auch gesehen. Auch Julia habe ich gesehen. Und ich war tot.«

Er schüttelte den Kopf und zeigte zur Treppe. Ich verstand ihn, schlenderte los und drehte mich noch einmal um.

»George hat mir eine Botschaft aus dem Jenseits gezeigt.«

Cornelius nickte nur.

»Die Botschaft war leer. Was bedeutet das, weißt du das zufällig?«

»Du meinst die Abberufungsmitteilung?«

Ich nickte.

»Die bekommt jeder von uns, gleich nachdem er gestorben ist. Sie bedeutet, wir sollen unsere Fantasie walten lassen, sobald wir uns in einem Zufluchtsort einfinden. Nichts stehe uns im Wege. Keine Vorschriften, keine Empfehlungen, keine Erwartungen.«

»Fantasie wofür?«

»Um hier wegzukommen. Um weiterzukommen. So habe ich das in meinen Meditationen erfahren. Aber wohin? Nach dem Tod gibt es nichts mehr.«

»Nun, vielleicht …« Ich wiegte den Kopf.

»Du zweifelst an der Haltung, die dich so zielsicher durchs Leben getragen hat? Macht dich der Umgang mit Erdmuthe schwanken?«

Erdmuthe stand vor ihrer Liege. Sie trug ihre Tageskleidung.

»Zu Bett?«, fragte sie mich. Sie entledigte sich ihres Kleides, zog das Nachthemd an und legte sich hin. Diesmal flossen ihre Bewegungen.

Aus Freude darüber wollte ich mitmachen und legte mich ebenfalls hin. Sie setzte sich wieder auf und ließ den Blick über mein Bett schweifen.

»Suchst du mein Nachthemd?«, fragte ich.

Sie nickte.

Ich erhob mich und sagte, ich wolle Cornelius fragen, ob er eines für mich hat.

Cornelius saß in seinem Sessel, ihm gegenüber eine große Frau in einem grünen Regenmantel, die ich noch nie gesehen hatte.

Cornelius erhob sich und zeigte übertrieben deutlich auf seinen eigenen Sessel, dann auf die Frau im grünen Plastikregenmantel, die im anderen Sessel saß, und sagte: »Darf ich vorstellen: Oelgard, direkt aus Straßburg.« Sie lachte und winkte ab. Der Regenmantel raschelte mir in den Ohren. »Nun denn, mit etlichen Zwischenstationen.«

Wieder zeigte er auf seinen Sessel. Der Treppenzugang befand sich exakt diagonal gegenüber, und der Saal maß gewiss fünfzehn mal dreißig Meter. Dreißig von der Treppe bis zum Ausgangstor. Ich hatte erst eine kurze Strecke durch den Rittersaal zurückgelegt. Ich kam eigenartigerweise noch langsamer voran.

»Ich habe allein diese zwei Sitzgelegenheiten«, erklärte Cornelius quer durch den Saal. »Nimm du einen Fauteuil, ich kann stehen.« Er trat hinter den Tisch. »Oelgard stattet uns regelmäßig einen Besuch ab.«

Zum zweiten Mal lachte die Besucherin und wehrte Cornelius' Erklärung ab.

Er kam um den Tisch herum, trat mir ein paar Schritte entgegen, blieb abrupt stehen und machte ein ernstes Gesicht. »Natürlich wäre diese Reiserei nicht einfach für dich, in deinem Minimaltempo. Dafür kannst du Erdmuthe selig machen. Wenn du eine gewisse Zeit bei ihr bist, wird sie schneller und du schwerfälliger. Ihr gleicht euer Tempo einander an. Vielleicht bringst du sie zu einem kleinen Spaziergang?« Er wandte sich wieder Oelgard zu. »Und nun, erzähl weiter.«

Oelgard begann von ihren Reisen zu erzählen, ich hörte nicht zu, sondern dachte an das, was Cornelius eben gesagt hatte: Ich würde neben Erdmuthe noch schwerfälliger werden. Wollte ich das? Ich wollte weg von hier! Aber wie, wenn ich immer langsamer wurde? Julia hätte eine Antwort.

Ich erschrak über den plötzlichen Wunsch, Julia um Rat zu bitten. Sie hatte mir den Weg hierher ermöglicht, jetzt musste ich allein weiterkommen!

Auf dem Tisch lagen immer noch die Artefakte, jedoch anders angeordnet. Julias Brief lag am Tischrand, zusammengefaltet.

Ich zeigte darauf. »Warum hat es dich gewundert, dass ich den Brief gewählt habe? Er war schließlich an mich adressiert.«

Die Besucherin, die ich mitten im Satz unterbrochen hatte, und Cornelius drehten die Köpfe zu mir.

Cornelius wandte sich mir zu. »Was führt dich zu uns – war es diese Frage?«

»Ich kam wegen einem Nachthemd.«

»Wozu? Wir schlafen nicht. Wir wechseln auch unsere Bekleidung nicht.« Er zupfte an seinem blaugrauen Hemd. »Das ist unsere Garderobe, in der wir voreinander erscheinen wollen.« Er ging um den leeren Sessel herum. »Du brauchst kein Nachthemd.«

Ich tippelte weiter auf ihn zu.

»Erdmuthe allerdings zieht vor, eines anzuziehen«, erklärte er. »Wohlhabende ihres Jahrhunderts wechselten oft ihre Garderobe.«

»Waschen wir uns denn? Ich habe nirgends ein Waschbecken gesehen.«

»Wegen des Tuches, das ich dir beim Eintritt mitgegeben habe? Nein«, sagte er. »Das dient dem Schein. Es gehört sich nun einmal so.«

Ich zeigte auf den Tisch mit den Artefakten und wiederholte meine Frage zu Julias Brief.

»Selbst wenn das Billet einst an dich gerichtet war, so ist es nun ein rein abstrakter Gegenstand«, sagte Cornelius. »Wenn du es dennoch aus all den Kultstücken wählst, berührt dich sein Inhalt. Wie geht das? Du bist längst verstorben!«

»Der Brief stammt aus der Zeit, als ich schon tot war. Das habe ich doch erwähnt. Und mir wäre lieb, wenn ich mit Julia noch einmal Kontakt aufnehmen könnte.«

Cornelius nickte. »Gewiss, das mit dem Zeitpunkt hast du erwähnt. Aber dein Wunsch, zum Versender Kontakt aufzunehmen … – Deine Gefühle hängen am Schreiben, das ist es.« Er nahm den Brief und faltete ihn auf. »*Lieber Jakob … Du hast mich ausgewählt, damit ich Dir helfe … Ich höre gern von Dir …*« Er hob den Kopf. »Du hast versäumt, ihr zurückzuschreiben. Ist es das, was dir keine Ruhe lässt?«

»Wie hätte ich das tun können?«

Cornelius legte das Schreiben auf den Tisch zurück.

»Hast du die Verfasserin gekannt schon lange?«, fragte Oelgard. »Und hat sie dir das Billet gelegt auf den Sarg, ist es ein Trauerschreiben?« Ihr Gesicht verriet ein junges Alter, dreißig, vielleicht fünfunddreißig; sie musste früh gestorben sein.

Ich schüttelte den Kopf. »Nein. Ich habe sie erst kennengelernt, als ich schon tot umhergeirrt bin.«

Oelgard schaute ratlos zu Cornelius, dessen Gesicht ebenfalls Ratlosigkeit spiegelte.

»Hast du dein Herz verloren an sie?«, fragte Oelgard.

Ich wehrte den Gedanken mit beiden Händen ab.

Sie griff nach der Notiz, las sie durch. Dann kam sie auf mich zu. Sie war schlank und groß, bestimmt einen Kopf größer als ich. Der grüne Regenmantel raschelte bei jedem Schritt. »Wollen wir antworten ihr? Anschließend ich bringe ihr deine Zeilen. Ist das in deinem Sinne?«

Ich wusste nicht, was ich antworten sollte. War das denn möglich?

Oelgard forderte mich mit einem noch breiteren Lächeln auf, ihr zu vertrauen.

»Sicher«, sagte ich. »Es wäre schön, wenn ich ihr was schreiben könnte. Ich weiß aber nicht mehr, in welcher Straße ihre Wohnung liegt – und ob sie überhaupt noch dort wohnt.«

Oelgard nickte. »Der Küchentisch ist eure location. Wenn sie ist weggezogen, sie wird kommen immer wieder zurück, um nachzuschauen. So sie hat es geschrieben zumindest.«

»Und die Anschrift? Du weißt doch nicht, in welcher Wohnung der Küchentisch steht.«

»Die Anschrift fällt dir ein wieder. Formulieren wir das Schreiben erst mol.«

»Machen wir, machen wir«, sagte Cornelius in geschäftigem Ton und wies zur hinteren Wand, durch die er immer zu gehen pflegte, wenn er den Saal verließ.

Oelgard stolzierte voraus, Cornelius folgte ihr. Ich, der ich noch lange nicht beim Sessel angekommen war, machte kehrt und folgte den beiden.

Kurz vor der Mauer drehte Oelgard sich um und rief über die zehn Meter zu mir hinüber: »Wir dürfen doch vorgehen schon mol? So können wir präparieren das Papier und die Tinte.«

Sie waren längst fort, und ich wanderte immer noch Richtung Saalende. Warum machte Oelgard Schritte? Auch Cornelius lief auf Beinen, wenn er einem entgegenkam. Karl Ernst hatte das nicht getan.

Ich hatte erst den halben Weg hinter mich gebracht, als die beiden zurückkamen. Oelgard hielt ein Blatt Papier in der Hand, Cornelius eine Schreibfeder. Das Papier flatterte bei jedem ihrer Schritte; mit dem Knistern des Regenmantels ergab das ein wohltuendes Geräusch.

»Die Antwort wir schreiben hier, damit du nit musst den weiten Weg machen in die Lounge«, sagte Oelgard.

»IQ lässt dich grüßen«, sagte Cornelius.

Die beiden steuerten den Tisch im vorderen Teil des Saals an.

In dem Moment schob sich ein altes Männlein in einem weißen Überwurf aus der Mauer heraus.

»Sekunde!«, rief der Alte. »Die Tinte.« Er hielt ein Tintenfässchen in die Höhe und sah mich an: »Du bist gewiss J. Bambell, der unsterblich Verliebte.« Er stellte die Tinte auf den Boden und entwich durch die Mauer. *Er* hatte seine Beine nicht bewegt.

»Das war unser IQ«, sagte Cornelius. »Er verlässt kaum sein Laboratorium. Aber er wollte dich unbedingt sehen.« Cornelius lief an mir vorbei, nahm das Tintenfässchen und ging damit zu Oelgard, die im Sessel saß. Cornelius stellte sich hinter den Tisch und zeigte auf den leeren Sessel. Ich hatte noch ein gutes Stück der Strecke durch den Rittersaal vor mir.

»Wir fangen an schon mol«, rief Oelgard zu mir herüber und tunkte die Feder ins Fässchen.

Ich war noch immer nicht beim Tisch, als Oelgard mir entgegenkam.

»Ich lese vor: *Teuerste Julia, ich denke oft an Dich. Meinst Du, wir können uns wiedersehen, auch wenn die Umstände es uns verunmöglichen? Ich tue alles für eine Begegnung mit Dir. Dein Dir ergebener Jakob.*«

Sie besann sich einen Moment. »Soll ich hinter Jakob schreiben Bambell noch?«

»Also … Ist das nicht ein bisschen übertrieben?«, fragte ich.

Sie ließ die Schultern hängen.

»Untertrieben ist das Schreiben!« Cornelius trat mit Fässchen und Feder hinzu. »Zum Beispiel das *ergebener*, das schreibt man nicht.« Er schüttelte sich. »Du hättest nicht so vorschnell formulieren sollen. Bis IQ wieder ein leeres Blatt Papier generieren kann, verstreicht eine Erdengeneration.«

»Zur Not können wir anbringen Korrekturen«, erwiderte Oelgard und hielt Cornelius das Schreiben hin.

»Ein Wort durchstreichen! Das käme dem Durchstreichen eines Gefühls gleich. Unmöglich.«

Ich nickte erschöpft. »Danke«, sagte ich. »Versenden wir den Brief so.« Etwas durchstreichen, da hatte Cornelius recht, das ging nun wirklich nicht.

Oelgard schwebte eine Zeit lang neben mir her und schwenkte das Blatt durch die Luft, bis mir die Adresse von Julia einfiel. Sie kauerte nieder und begann die Anschrift auf dem Papier zu notieren.

»Darf ich dich was fragen?«, fragte ich Oelgard. »Warum machst du mal Schritte und ein anderes Mal schwebst du?«

Sie tunkte die Feder erneut in die Tinte, schrieb die Adresse zu Ende, verschloss das Fässchen und stellte sich wieder auf. »Ich nehme Rücksicht auf dich und gleiche meine Bewegungen an den deinen, das gehört sich so.« Sie schaute auf Cornelius.

Der nickte von Weitem.

»Verzeih, wenn ich vergesse es manchmol«, fuhr sie fort. »Deine Art zu kommen vorwärts benötigt sehr viel Konzentration. Und davon ist bei unsereins nit viel übrig mehr.«

Oelgard steckte das Schreiben in die Ledertasche, die sie umgehängt hatte, und stürmte durchs geschlossene Tor hinaus.

Ich machte kehrt, mir war eine Idee gekommen: Ich wollte Erdmuthe fragen, ob sie mir helfen konnte, aus diesem Zustand herauszukommen. Sie kannte sich am längsten aus, hatte am ehesten Erfahrung.

Erdmuthes Geschichte

Erdmuthe sagte, wir müssten uns zuerst besser kennenlernen, bevor wir überhaupt nur darüber reden, ob wir zusammen irgendwo hingehen. Als ich sie fragte, wie, erzählte sie mir ihr Leben.

»Ich stamme aus dem Königreich Ungarn. Aus einem Dorf, das man Huihasla nannte. Offiziell hieß es anders, doch wir nannten es so. Meine Mutter war sehr religiös und ich dachte deshalb als kleines Mädchen, ihr könnte nichts passieren – im Gegensatz zu den anderen Dorfbewohnern. Einmal erkrankte der

Junge von schräg gegenüber, sein Name ist mir entfallen. Oder der Vater vom Nachbarjungen Benne kam nicht mehr nach Hause, weil er gefallen war. Ich dachte, es könne doch nicht so schlimm sein, wenn Bennes Vater umfiel, er musste einfach wieder aufstehen. Aber die Leute wandten sich ab, wenn ich so etwas sagte. Niemand erklärte mir, was wirklich gemeint war. Und meine Mutter sagte: ›Erdmuthe, Erdmuthe, auf was für Ideen du kommst!‹

Und eines Tages sagte sie mir: ›Ich gehe heim.‹ Ich verstand sie nicht, denn wir waren schon daheim. Sie erklärte mir, der Herrgott habe sie gerufen und sie habe nur noch wenig Zeit auf Erden. Zwei Tage später war sie tot. Meine beiden älteren Geschwister wurden zu Höfen in den Nachbardörfern gebracht, sie konnten schon im Haushalt mitanpacken. Ich war erst sechs Jahre alt und musste bei Tante Hébaz im Dorf wohnen bleiben, mein Vater diente in dieser Zeit als Soldat.

Für mich war das der erste Schock im Leben, und ich begann mich vom Herrgott abzukehren. Damals noch kindlich-einfach, indem ich mir vornahm, ihm nicht zu gefallen, damit ich nicht auch heimgehen musste. Später kamen mir die Glaubenssätze der Menschen dermaßen verlogen vor, dass ich einfach schwieg!

Kurz nachdem meine Mutter mich verlassen hatte, fiel mein Vater um. Der Haushalt meiner Eltern wurde aufgelöst, und es wurde klar, ich musste bei Tante Hébaz bleiben. Sie war nicht streng, während die anderen Kinder im Dorf unter den vielen Vorschriften ihrer Eltern litten. Besonders die religiösen Vorschriften erdrückten die Kinder. Mich aber ließ Tante Hébaz gewähren. Sie war hilflos, wie ich später merkte, und um mich kümmerte sie sich nicht sonderlich. So konnte ich mich beim Nachbarn in den Hühnerstall setzen und stundenlang mit den Tieren plaudern. Bei einem anderen Nachbarn kletterte ich in den Kirschbaum, wenn die Früchte reif waren.

Tante Hébaz verkehrte mit verschiedenen Männern, wie ich erst als Erwachsene begriffen habe. Einer weckte mich einmal mitten in der Nacht und fragte, wo Tante Hébaz sei. Ich zeigte in ihr Schlafzimmer, aber da war sie nicht. Er schimpfte und ging. Ich wartete hinter meiner Zimmertür. Tante Hébaz kam in jener Nacht erst nach Hause, als die Vögel zu zwitschern begannen. Ich sagte ihr, jemand habe sie gesucht. Sie zeigte stumm in die Küche, was hieß, ich solle mir das Frühstück selbst zubereiten. Einmal kamen drei Männer. Sie saßen in der Stube und grölten. Es war nachts und ich stellte den Stuhl vor die Tür meiner Schlafkammer. Ich wuchs in Kälte auf – keine boshafte, keine berechnende –, einfach in einer verwahrlosten Gleichgültigkeit.

Als ich älter wurde, wurde ich Tante Hébaz weggenommen und in ein Mädchenheim gesteckt. Einmal kamen Geistliche in unser Heim. Wir mussten uns in einer Reihe aufstellen. Sie pickten drei der älteren Mädchen heraus; eines war ich. Wir sollten in einem Kloster Dienste erfüllen. Doch das war ein Vorwand. Denn kaum war ich in den Schlafraum des Klosters eingewiesen worden, packte man mich und stellte mich vor Kleriker Benedikt. Sie fällten das Urteil, ich sei eine Hexe. Doch weil ich erst fünfzehn Jahre alt war, bot man mir eine Aussicht: Ich solle Buße tun und mich ein Jahr später wieder vor dem Gericht einfinden. Die Buße bestand darin, dass ich kahl geschoren wurde und ein Jahr lang mit Bruder Jakob leben sollte. Das war das erste

Mal, dass mir das Haar genommen wurde, und es hat mich sehr verletzt.

Bruder Jakob wohnte allein auf einem Hügel und sprach kein Wort. Nach ein paar Wochen packte er Brot, Wurst und Wasser in einen Proviantsack, den er mir umhängte. Sich selbst füllte er ebenfalls einen Sack und band ihn mir zusätzlich um. Ich dachte, ich müsse beide tragen, doch er ließ mich bloß in der Stube ein paar Kreise drehen, danach nahm er mir den größeren Sack wieder ab. Wir brachen auf, und ich wusste, es würde ein langer Marsch werden, denn der Proviant reichte für viele Tage. Am ersten Abend legten wir uns auf eine Waldlichtung. Am nächsten Morgen war Bruder Jakob unauffindbar. Neben mir lag der Sack mit seinem Proviant, meiner hatte mir nachts als Kopfkissen gedient. Daneben lag ein Stück Holz, von dem das dünnere Ende den Hang hinauf zeigte.

Mir wurde klar: Ich sollte fliehen.

Ich wanderte über ein Jahr in die Richtung des Sonnenlaufs, so wie es mir das Holz gewiesen hatte, denn ich ahnte, dass Bruder Jakob mir ein Jahr Vorsprung gewährt hatte, indem er der Obrigkeit verschwieg, dass er mich weggehen ließ. Oft übernachtete ich im Freien, selten wurde mir eine Schlafstätte geboten. Schon als Kind hatte ich als nüchtern und logisch denkend gegolten, die Wanderschaft schärfte mein Urteilsvermögen. Ich lernte, die Welt sachlich und unvoreingenommen zu erfassen. Was ich während dieses Jahres erlebte, erzähle ich dir nicht. Das erzähle ich niemandem.«

Sie schwieg, beugte sich nach vorn und bewegte sich nicht mehr. Zuerst dachte ich, sie sei wieder in die Starre gefallen, in der ich sie beim Zimmerbezug angetroffen hatte.

Aber dann hob sie den Kopf und fuhr fort: »Am Ende meines Wanderjahres erreichte ich dieses Dorf hier, es war das Jahr vierzehnhundertvierundfünfzig, und ich fand dauerhafte Bleibe. Eine Meisterin mit roten Haaren handelte mit mir aus, ich dürfe hierbleiben, solange ich ihr zur Hand gehe. Die Dorfbewohner nahmen mich an, als wäre ich hier geboren. Das war der Verdienst meiner Meisterin, die mich als ihre Nichte eingeführt hatte. Sie war eine angesehene Bürgerin. Bald darauf wurde sie krank, und ich pflegte sie. Nachdem sie gestorben war, gehörte das Haus mir.«

Bei diesen Worten zeigte sie auf die Mauern um uns herum.

»Dieses Haus?«, fragte ich.

Sie nickte. »Doch was sollte ich mit all den Kammern tun? Auch der Saal unten, er war für Gesellschaften gemacht. Ich mochte keine Einladungen geben. So trat ich das Haus einem in der Nähe liegenden Kloster ab und hoffte, das Geschwätz über mich niederzuhalten, das nach dem Tod meiner Meisterin im Dorf entstanden war.«

Sie machte eine Pause und fuhr fort: »Ich durfte diese Kammer bewohnen und bekam täglich Essen hereingeschoben.«

»Diese Kammer?«, fragte ich.

Sie nickte.

»Das heißt, du hast schon einen großen Teil deines Lebens hier verbracht?«

»Ja. Ich passte nicht in meine Zeit. Die Menschen sprachen vom Teufel, von Hexen. Für mich war das Unsinn. In meiner Heimat war ich selbst zur Hexe erklärt worden, dabei war ich ein Kind! Ich wusste, es gab weder Hexen noch den Teufel. Doch ich fand niemanden, der meine Ansichten teilen wollte, und auch bei meiner Meisterin hatte ich kein Gehör gefunden, als sie noch lebte. Als sie gegangen war, erkannte ich, dass sie stets ihre schützende Hand über mich gehalten haben musste, denn nach ihrem Hinscheiden wurde ich von den Dorfbewohnern gemieden. So verharre ich hier.«

Ich nickte.

»Ich glaube, ich wurde vergiftet.«

»Nein!«, rief ich.

»Ich kann es nicht mit Sicherheit sagen. In den ersten Wochen nach meinem Ableben sah ich die Menschen in diesen Gemäuern umhergehen. Manche trugen letzte Möbel hinaus. Das war mir einerlei. Aber dass mir eine Frau meine Haare raubte, kurz nachdem ich gestorben war, das verletzte mich ungemein. Sie war spindeldürr und hatte selbst nur spärlichen Haarwuchs. Ich wollte ihr verzeihen, aber ich konnte nicht. Ich kann es heute noch nicht.«

Erdmuthe strich über ihre Glatze.

»Und die Gespräche der Menschen, als sie das Haus leerten, ich konnte sie nicht ertragen. Sie nannten mich eine Verwünschte, eine Gottlose, eine Hexe. Ich zog mich in meine Kammer zurück. Viel später kam Cornelius zu mir in die erste Etage. Bei ihm habe ich den

Eindruck, als befände ich mich in der kältesten Winternacht.«

»Du bist, seit du tot bist, nicht mehr aus diesem Haus herausgekommen?«

»Schon viele meiner Lebensjahre nicht.«

»Du kennst dich also in der Umgebung nicht aus? Ich dachte, du könntest mir einen Weg aus diesem Reich weisen.«

Sie hielt mir eine Faust entgegen. »Ich kann sehr wohl durch unbekanntes Gelände ziehen. Was habe ich in meiner Jugend denn anderes getan? Aber denke nur nicht, ich würde dir einfach so heraushelfen.«

»Wir könnten einmal auf dem Friedhof spazieren gehen.«

»Nein«, sagte sie und erhob sich. »Ich bleibe hier.«

Ich erhob mich ebenfalls. »Aber das Haus kannst du mir zeigen?«

»Wie geht deine Geschichte?«

Ich setzte mich wieder und erzählte:

»Meine Kindheit war im Gegensatz zu deiner ereignislos; mein gesamtes Leben war ereignislos. Ich habe geheiratet, und meine Frau bekam zwei Kinder. Doch ich brachte es nicht fertig, mit ihnen auszukommen. Bereits als Kleine mieden sie mich, und als sie erwachsen waren, wichen sie mir endgültig aus.

Auch mit meiner Frau verbrachte ich nur wenig Zeit, ich weiß nicht, warum.«

»Du hast sie geliebt. Sonst hättest du keine Kinder mit ihr gehabt«, sagte Erdmuthe.

»Ich weiß nicht, ich habe mich einfach so verhalten, wie es erwartet wurde.«

Erdmuthe schüttelte den Kopf, erhob sich, setzte sich am Fußende aufs Bett und fragte: »Wie heißt du?«

»Bambell.«

»Eigenartiger Name.«

»Das ist mein Nachname, mein Vorname entfällt mir ständig.«

»Geht es dir auch so? Ich kann auch bestimmte Namen oder Erlebnisse nicht mehr fassen. – Doch erzähl weiter.«

»Nun, als meine Frau gestorben ist – das war vor fünf Jahren –, fühlte ich mich auf einmal nutzlos. Meine Tochter kam zwar oft vorbei – sie sortierte ständig die Sachen ihrer Mutter um und versuchte, mit mir ins Gespräch zu kommen –, doch ich verkroch mich im Atelier, das meine Frau bis zuletzt mit ihren Puppen belegt hatte. Ich wollte nur noch sterben.«

»Vor fünf Jahren?«, fragte Erdmuthe.

»Ich meine: fünf Jahre vor meinem eigenen Tod.«

Erdmuthe erhob sich erneut, setzte sich noch weiter nach links, sie saß nur noch zur Hälfte auf dem Bett.

»Warum sitzt du so unbequem? Setz dich doch hierhin.« Ich zeigte zur Bettmitte.

Sie schüttelte den Kopf. »Was du erzählst, muss ich mit der Sitzposition unterstreichen. Du lebtest an einem Abgrund.«

Ich blieb stumm.

»Und dann, als deine Frau gestorben war? Erzähl weiter.«

»Ich versuchte meine Situation logisch zu erfassen. Es gelang mir. Ich sagte mir: Ich bin bald in Rente, jetzt schon verwitwet, im Streit mit meinem Sohn, was mir bleibt, ist einzig die

Tochter.« Ich nickte. »Sie kam nach einem Jahr aber auch nicht mehr vorbei.«

»Das kann ich verstehen«, sagte Erdmuthe.

»Du verstehst sie? Erklär mir, warum.«

»Hast du sie je zu dir eingeladen?«

»Sie kam immer von sich aus, was hätte ich da …«

Sie erhob sich, machte einen Schritt nach links, berührte mit dem Körper die Mauer. Sie stand nun neben dem Bett.

»Willst du stehen?«, fragte ich.

»Ich muss, du lässt mir keine andere Wahl.«

Ich erhob mich ebenfalls, ich wollte nicht, dass sie auf mich herunterschaute.

»Es sei denn, dein Bericht wird erfreulicher.«

»Dann bin ich gestorben, ein Motorrad raste auf mich zu, als ich die Straße überqueren wollte. Ich war sofort tot.«

»Hast du deine Tochter wiedergesehen?«

»Ja. Ein Jahr später. Ich ging noch einmal bei ihr vorbei, wegen dem Brief.« Ich erzählte Erdmuthe das Erlebnis mit dem Brief und von der Familie, die mein Haus übernommen hatte, und von Julia. Julia skizzierte ich nur mit wenigen Worten, doch Erdmuthe wollte mehr über sie erfahren.

Nachdem ich jede einzelne Begegnung mit Julia erzählt hatte, sagte ich: »Ich wünschte, ich könnte sie wiedersehen. Sie würde wissen, wie ich von hier wegkomme.«

»Wohin zieht es dich die ganze Zeit? Du bist doch eben erst angekommen!«

»Wir machen hier nichts. Das kann unmöglich der letzte Ort sein.«

»Ist es auch nicht. Aber du kannst diese Welt nicht verlassen. Wir erreichen im besten Fall ein anderes Heim, da können wir gleich hierbleiben.«

»Nun ja. Ich habe Julia einen Brief geschrieben, dass ich sie besuchen komme. Und wenn der Brief den Weg aus dieser Welt findet, kann ich diesem Weg folgen. – Möchtest du denn für immer hierbleiben?«

Erdmuthe winkte ab und setzte sich auf die Bettmitte. Ich setzte mich ebenfalls.

»Was hast du direkt nach deinem Tod erlebt?«, fragte sie. »Du hast ein Jahr übersprungen.«

»Nichts. Ich haderte. Verleugnete, dass ich tot bin. Erst die fremde Familie, die mich aus dem Haus vertrieben hat, brachte mich in Bewegung.«

»Du hast deine eigene Bestattung nicht miterlebt?«

»Wäre das wichtig gewesen? Als ich wusste, dass ich tot bin, war mein Körper bereits verbrannt und begraben.«

Erdmuthe sprang auf. »Verbrannt? Als Hexer?«

»Nein.« Ich bat sie wieder Platz zu nehmen. »Ich kam in ein Urnengrab.«

»Warst du ein Verbrecher?«

Ich winkte ab. »Nicht mal ein Kleinkrimineller.«

Sie beugte sich vor.

»Ich war nichts.«

»Was wolltest du denn sein?«

Ich zuckte mit den Schultern und brummelte vor mich hin. »Da sein. Mit meinen Kindern auskommen. Aber das habe ich irgendwie verpasst.«

»Verbrannt?« Sie sprach es beinahe unhörbar aus.

Ich erklärte ihr, dass in meiner Zeit viele Leichen verbrannt und in Urnen begraben werden, das spare Platz und sei für die Angehörigen günstiger.

Sie machte ein überraschtes Gesicht, fasste sich aber bald wieder. »Ich wurde im Garten bestattet«, sagte sie. »Unter dem Birnbaum. Das kostete das Kloster nichts. Habe ich zumindest so gehört. Dabei war ich aber auch nicht.«

»Hat man später wieder einen neuen Baum gepflanzt, oder ist deine Grabstelle mit einem Stein gekennzeichnet?«

»Derselbe Birnbaum steht dort. Bäume leben lange.«

»Fünfzehntes Jahrhundert hast du gesagt? So lange lebt kein Birnbaum.«

Sie legte sich hin, machte aber die Augen nicht zu.

»Rede ich Unsinn?«

»Du redest nur Unsinn.« Sie drehte sich zur Wand.

Hatte ich sie verärgert? Ich musste aufpassen, was ich sagte, wenn ich sie zum Mitkommen bewegen wollte. Sie konnte manches nicht wissen, sie kam aus einem anderen Jahrhundert. Ich verließ die Kammer und ging die Treppe hinunter in den Rittersaal.

Die Pflegerin stellte die Thermoskanne auf das Tischchen neben das mit Tee gefüllte Glas und schlich aus dem Krankenzimmer. Julia hatte die Augen geschlossen. Es klopfte. Wer öffnete die Tür? Sarah kam herein.

»Jule?« Sarah kam mit ausgebreiteten Armen auf Julia zu.

Die lächelte und schloss erneut die Augen. »Danke, dass du mich besuchst. Ich muss dir was sagen.«

Julia tastete mit der Hand die Bettdecke ab. Sarah hielt Julia die Fernbedienung hin.

»Betätige du sie«, sagte Julia und schloss die Augen wieder.

Sarah drückte den Knopf, der das Kopfende des Bettes hochfahren ließ, und half Julia, sich aufzurichten und neu zu betten.

»Ich gehe«, sagte Julia. »Es ist so weit.«

»Sag das nicht«, sagte Sarah. »Das weiß niemand.«

»Ich hab's gesehen.«

»Nein«, sagte Sarah. »Du immer mit deinen Kontakten. Du lebst noch sooo lange.«

»Erinnerst du dich an Jakob?«

Sarah verneinte.

»Er geht mir in den vergangenen Tagen oft durch den Kopf.«

»So. Von ihm hast du mir nie erzählt«, sagte Sarah.

»Ich hatte mit ihm zu tun, als dein Vater noch lebte.«

»Ach, so was Altes? Jetzt kannst du es mir ruhig anvertrauen. Du bist meine Lieblingsschwester, das weißt du.«

»Ich bin ja auch deine einzige Schwester.« Julia hob die Hände und ließ sie auf die Decke fallen. »Jakob ist Herr Bambell.«

Sarah zuckte mit den Schultern.

»Du warst keine fünf Jahre alt – oder vier? –, als er bei euch aufgetaucht ist. Das war, als ihr frisch in sein Haus eingezogen wart. Ihr habt ihn zu mir geschickt.«

Sarah zog die Stirn kraus.

»Du erinnerst dich?«

»Meinst du diese Geistergeschichte?«

Julia schloss die Augen. Sarah wartete. Als Julia die Augen nicht wieder aufmachte, sagte Sarah: »Das war doch eine von Mamas Einbildungen.«

Julias Augen sprangen auf. »Du hast ihn auch gesehen. Luca ebenfalls.«

»Wir waren Kinder.« Sarah griff nach dem Besucherstuhl und setzte sich neben das Bett. »Das mit diesem Bambell war nun wirklich reine Fantasie.«

Julia schloss erneut die Augen. »Es hat ihn immerzu in euer Haus gezogen«, sagte sie. »Er wäre noch viele Jahre aufgetaucht, womöglich würde er noch heute dort rumgeistern. Ich habe ihn in seine Welt gelenkt.«

»Papa war damals sehr wütend. Mama hat aufgehört, von ihm zu sprechen.«

»Und ihr ebenfalls«, sagte Julia.

Eine Weile sagte keine von ihnen etwas.

»Hast du noch sein Foto?«, fragte Julia schließlich.

»Das vom Vorbesitzer?«

Julia nickte.

»Ich verwende es als Lesezeichen.« Sarah holte ein Buch aus ihrer Stofftasche: *Mein Partner arbeitet, endlich!* Sie schlug das Buch auf, nahm die Fotografie weg und gab sie ihrer Schwester.

Julia betrachtete das Foto. »Ja, so hat er ausgesehen. Ich weiß es noch genau.« Sie drehte

179

das Bild Sarah zu. »Erinnerst du dich noch an ihn?«

Sarah sah sich nach etwas um, das sie stattdessen ins Buch legen konnte.

»Hier.« Julia überreichte Sarah einen Zettel, auf dem das morgige Menü angekreuzt werden konnte.

»Lass, den brauchst du noch.«

Julia presste ihn auf Sarahs Buch.

»Ich erinnere mich nicht mehr an damals«, sagte Sarah. »Nur, dass ich das Foto in einem meiner Kinderbücher gefunden habe. Seitdem habe ich es.«

»Wer hat es wohl in dein Kinderbuch getan?«, fragte Julia und schmunzelte.

»Sag jetzt nicht dieser Geist. Das hätte er gar nicht tun können.«

»Du erinnerst dich also doch an ihn?« Julia blinzelte zu Sarah hinauf.

»Ein bisschen.«

Julia schloss die Augen und sagte: »Nein, das Foto irgendwo hinlegen, das konnte er tatsächlich nicht … Nachdem er mich um Hilfe gebeten hatte, habe ich die Zimmer ausgeräuchert, an drei verschiedenen Tagen, immer wenn Xaver nicht da war.«

»Ja«, sagte Sarah. »Papa hat den Rauch jedes Mal schon unten im Flur gerochen, wenn er nach Hause gekommen ist, und wurde fuchsteufelswild.« Sie lächelte. »Und Luca hat ihn zu beruhigen versucht und ihm gesagt, dass das unmöglich der Geist gewesen sein konnte. Der hätte nicht mal ein Streichholz anfassen können.«

Sarah streckte die Hand nach dem Foto aus, sofort drückte Julia es an die Brust. »Lass mir das Bild. Nur kurz, bis ich gehe.«

DAMENBESUCH

Cornelius hatte recht gehabt mit seiner Prophezeiung. Erdmuthes Bewegungen waren so flüssig wie meine geworden. Doch bei meiner drängenden Frage wich sie aus. Ich machte einen letzten Versuch:

»Erdmuthe, du bist schon ein halbes Jahrtausend hier drin eingesperrt. Ist das nicht furchtbar?«

»Zwei Wochen, maximal vier«, sagte sie. »Ich zähle nur die Zeit, in der mich jemand besucht. So fühlt sich der Aufenthalt hier erträglicher an.«

»Erträglicher? Ich besuche dich nicht, ich wurde hier einquartiert.«

»Damit du mich dazu bringst, endlich weiterzuziehen. Cornelius hat es mir erklärt: Du bist ein Suchender, du fühlst dich hier nicht zugehörig, ich könne gleich mit dir gehen.«

»Woher weiß er, dass ich diesen Ort verlassen will?«

»Das ist seine Stärke, er liest die Ansinnen seiner Schützlinge aus den gewählten Artefakten.«

»Und du? Willst du nicht auch fort von hier?«

»Ich? Nein. Allein mache ich sowieso keine so lange Wanderung mehr.«

Ich wollte ihr entgegnen, sie sei nicht allein, ich wollte ihr sogar zugestehen, Umwege hinzunehmen, wenn sie das wünschte. Doch sie legte sich aufs Bett, bevor ich den Mund aufmachen konnte, und drehte mir den Rücken zu.

Ich musste also allein aufbrechen.

Ich schwebte nach unten in den Rittersaal. Mittlerweile hatte ich wiedererlernt, wie ich mich ohne Schritte vorwärtsbewegen konnte.

Cornelius saß im Sessel, er war allein. Ehe ich bei ihm war, klopfte es ans Tor. Cornelius sprang auf und huschte durch das Tor auf die Straße.

Kurz darauf kam er hereingestürzt.

»J. Bambell! J. Bambell! Du hast Damenbesuch.« Er stellte sich vor mich hin und fuchtelte mit den Händen. »Sie wollte mir ihren Namen nicht verraten.«

Julia?

Ich kämpfte mich der Außenmauer entgegen, die ich von meinem Standort aus schneller erreichen konnte als die Tür. Millimeter um Millimeter kam ich voran. Cornelius schob mich von hinten, was mich jedoch in keiner Weise beschleunigte.

Nach einer endlosen Zeit erreichte ich die Steinmauer und begann durch sie hindurchzugehen. Ich hatte vergessen, wie sich Kälte anfühlte. Empfand Erdmuthe mich als kalt?

Endlich war ich bei der Straße angekommen, niemand war zu sehen.

Ich hatte sie zu lange warten lassen.

Auf einmal kam jemand vom Friedhof her auf mich zu, ich erkannte die Gestalt kaum. Sie blieb vor mir stehen.

»Ich bin noch mal an deinem Grab gewesen«, sagte die Gestalt. »Es war längst ein anderer darin begraben. Doch selbst danach habe ich es noch jede Woche geschmückt, bis ich nicht mehr konnte. Und jetzt …«, sie lächelte, »… jetzt bringe ich dir die Blume gleich persönlich mit.« Sie streckte mir ein winzig kleines Ästchen mit einem violetten Blümchen entgegen. Kaum hielt ich es in den Händen, verdorrte es und verschwand aus meinen Fingern.

»Du bist tief gesunken.« Gleich nachdem sie das gesagt hatte, presste sie die Lippen aufeinander.

Wir sahen uns eine Zeit lang in die Augen.

»Kennst du mich noch?«

»Julia?« Ich wusste es. Ich hätte nicht fragen müssen. Sie sah zwar ganz anders aus, uralt im Vergleich zu damals. Aber ihre Augen und ein paar ihrer Gesichtszüge erinnerten mich an sie.

»Du siehst immer noch gleich aus, das geht nicht«, sagte sie.

»Nun ja, ich bin tot.«

»Ja, tot. Du kannst dich trotzdem entwickeln. Darf ich dir das sagen? Nimmst du das an?«

»Klar. Und ich bin froh, dass du gekommen bist.«

Erneut sah Julia mich lange an. Dann sagte sie: »Was hast du in der Zwischenzeit gelernt?«

Ich strahlte wie ein Schuljunge. »Ich kann Geister sehen.«

»Na toll.«

»Sollte ich das nicht damals mit deiner Hilfe erlernen?«

»Du darfst nicht stehen bleiben, aber hier …« Sie deutete zur Mauer hinter mir. »Du haust bei den Horrorgeistern! Fast hätte ich dich nicht besuchen wollen.«

»So schlimm ist es hier nicht«, antwortete ich. »Bloß alles sehr langsam.«

»Eben. Das ist unheimlich, zermürbend, zum Heulen. Wenn die Sphäre um dich stillsteht, passiert nichts. Komm weg von hier.«

Ich schaute nach links und rechts. Die Straße war immer noch leergefegt wie damals, als ich das Gebäude betreten hatte.

»Julia, ich bin ganz deiner Meinung. Ich gehe weg. Gib mir einen Tipp, wie ich von hier fortkomme. Gib mir hundert Tipps.«

Sie schloss den Mund, schüttelte den Kopf.

»Willst du reinkommen? Dann können wir meine Route besprechen.«

»Jakob, ich muss dir was sagen. Ich darf eigentlich nicht hier stehen, das ist ein immenser Rückschritt für mich. Jetzt muss ich viel Zeit investieren, um meine Stofflichkeit wieder zurückzubilden und dorthin zu gelangen, wo ich als Tote begonnen habe. Ich kann unmöglich mit dir diese Burg betreten. Vielleicht komme ich dann nicht mehr von hier weg. Ich habe kaum Kraft übrig.« Sie ließ die Arme hängen.

»Du strotzt vor Kraft. Wirkst immer noch so körperlich.«

Ich begutachtete meine Arme.

»Ich wollte dich besuchen. Habe diesen gefährlichen Weg auf mich genommen. – Nein. Ich sag's dir direkt. Nachdem ich erfahren habe, dass du hier lebst, habe ich gehofft, dass du inzwischen fortgegangen bist. Aber du bist noch da.«

»Kann ich mit dir kommen? Ich strenge mich auch ganz fest an und versuche mit dir Schritt zu halten. Und widerspreche dir nicht, du wirst sehen.«

»So geht das nicht«, sagte Julia. »Ich kann zurück, wenn ich nur kurz hier gewesen bin. Du aber musst dir einen eigenen Weg bahnen.«

»Was meinst du mit bahnen? Einen selbst machen?«

Sie nickte.

»Kannst du mir sagen wie? Oder kann ich auf dem Weg Kontakt zu dir aufnehmen?«

Sie strich mir über die Schultern. »Nichts von allem. Wir begegnen uns nicht mehr, unsere Art ist zu verschieden. Du schaffst das ohne mich. Bestimmt begleitet dich eine deiner Mitseelen.«

»Ich sehe nur wenige regelmäßig. Cornelius, unseren Vorsteher, und dann noch meine Zimmergenossin. Cornelius leitet das Haus, er verlässt unseren Wohnsitz kaum. Und Erdmuthe ... Sie ist unsere älteste Seele.«

»Erdmuthe? Du kennst Erdmuthe?«

»Ja. Warum? Hast du mal zu ihr Kontakt aufgenommen?«

»Retos Frau hat mir vor langer Zeit von ihr erzählt. Ich habe ihr nicht geglaubt. Du kennst tatsächlich Erdmuthe.« Julia schüttelte erneut den Kopf.

»Erdmuthe will mich nicht begleiten. Ich habe sie gefragt.«

»Natürlich will sie das. Sie möchte wie jede Seele diese Gleichgültigkeit um euch herum verlassen. Da bin ich mir ganz sicher!«

»Erdmuthe ist enttäuscht oder erschöpft. Vielleicht mag sie mich einfach nicht. Ich muss sie lassen.«

»Nie! Du gehst zu ihr und gewinnst sie für deine Mission. Für eure Mission. Du wolltest doch einen Tipp von mir, da ist er: Mit ihr zusammen befreist du dich von hier. Bringe sie dazu, den ersten Schritt zu tun.« Sie sah mir fest in die Augen. »Adieu, Jakob«, sagte sie, drehte sich um und entfernte sich rasend schnell in die Weite.

DER AUFBRUCH

Als ich ins Zimmer zurückkam, stand Erdmuthe mit einem Koffer in der Hand da. Um den Koffer war ein Lederriemen gespannt. Sie lächelte mich an.

»Du begleitest mich doch!«

Sie schüttelte den Kopf, lächelte immer noch.

»Für mich sieht das aus, als würdest du verreisen.«

Erdmuthe warf den Koffer aufs Bett, löste den Riemen und hob den Deckel. Der Koffer war leer.

»Was hast du vor?«

»Wir verlassen zusammen die Kammer. Anschließend schleiche ich zurück. Cornelius denkt dann, ich sei gegangen.«

»Was willst du damit erreichen?«

»Wenn er gesehen hat, dass ich gegangen bin, kommt er nicht mehr zu mir hoch«, sagte sie. »Er wird nicht bemerken, dass ich wieder in meiner Kammer weile.«

Ich setzte mich neben dem aufgeschlagenen Koffer aufs Bett. »Das klappt doch nicht. Er sitzt ständig im Rittersaal. Wie willst du an ihm vorbeischleichen?« Ich warf ihr Nachtgewand in den leeren Koffer, schloss ihn und erhob mich wieder. »Komm mit, ich will dich hier nicht allein zurücklassen und ... ich brauche dich.«

»Nein«, antwortete sie. »Warum sollte ich meine Kammer verlassen?«

»Gefällt dir meine Gesellschaft nicht?«

Sie presste die Lippen aufeinander. Dann langte sie nach ihrem Koffer, den ich immer noch am Griff hielt, und warf ihn zurück aufs Bett.

»Wie du willst«, sagte ich. »Wir gehen zusammen an Cornelius vorbei nach draußen. Und wenn wir einmal auf der Straße sind, entscheidest du dich noch mal, ob du nicht doch mit mir ziehen willst.« Ich streckte ihr beide Hände entgegen.

»Denke nur nicht, ich entscheide mich dafür.«

Sie nahm ihr Nachthemd aus dem Koffer und glitt aus der Kammer. Den Koffer ließ sie geöffnet auf der Bettdecke zurück. So schnell ich konnte und ohne zu wissen, warum, griff ich nach meinem Handtuch und folgte ihr.

Im Rittersaal empfing uns Cornelius. »Wunderbar«, rief er aus. »Ihr brecht auf. Hat dich die Dame überzeugt?« Er zeigte mit dem Daumen nach draußen.

Ich bejahte. Ich war froh, seine Besserwisserei bald nicht mehr hören zu müssen.

»Wo ist der Koffer?«, fragte er. »Er soll euren Wegzug unterstreichen.« Er machte eigenartige

Gesten in Erdmuthes Richtung. Die reagierte nicht.

»Er ist leer«, sagte ich. »Das wenige, das wir haben, können wir unter dem Arm tragen.« Ich zeigte ihm das Handtuch.

»Gewiss ist er leer. Aber ihr könnt unterwegs Kultstücke hineinpacken, Dinge, die euch wertvoll erscheinen.« Er machte erneut seine Gesten in Erdmuthes Richtung.

Darauf kehrte sie um und stieg die Treppe zu den Kammern hoch.

»Wir können doch nicht mit einem Koffer nach draußen gehen«, sagte ich. »Die Lebenden würden sehen, wie er frei in der Luft schwebt. Obwohl, Moment mal, auch unsere Kleidung …« Ich schaute auf meine Bügelfaltenhose.

Cornelius winkte ab.

»Unsere Gegenstände und Kleider entspringen einer Selbsttäuschung. IQ macht sie für uns sicht- und greifbar. In Wahrheit existieren sie nicht, sie sind ausgedachte Kopien.«

Erdmuthe kam mit dem Koffer zurück.

»Wo ist dein Nachthemd?«, fragte ich sie. Sie öffnete den Koffer und deutete auf meine Hände. Ich legte mein Tuch zu ihrem Nachthemd, das im Koffer lag.

Nach einer langen Weile hatten wir den Saal und die Außenmauer durchquert und waren auf der gegenüberliegenden Straßenseite. Ich wischte mir die Stirn. Erdmuthe fragte mich, ob ich nach links oder rechts ziehen wolle. Ich wies geradeaus, auf den Friedhof, denn ich wollte noch einmal mein Grab besuchen, bevor ich diesen Ort endgültig verließ. Ein Abschied von meiner einstigen Borniertheit.

»Oder sollen wir zuerst deinen Birnbaum besuchen?«

Erdmuthe schüttelte den Kopf. »Du darfst dich nicht verlaufen. Du musst da lang«, sie zeigte nach rechts, »und in zwei anderen Residenzen einkehren, um den Weg vollständig erklärt zu bekommen.«

Ich schaute in die Richtung, in die Julia entschwunden war. Da spürte ich am Rücken Erdmuthes Nähe und drehte mich um.

»Du hängst an ihr«, sagte sie. »Deshalb willst du diese Bleibe verlassen.«

»Das ist es nicht«, sagte ich. »Sie hat gesagt, ich darf nicht stehen bleiben. Ich glaube, sie meint, ich muss in ein Gebiet übergleiten, das außerhalb von diesem liegt, wo das Leben weitergeht. Das will ich finden. Und du sollst mich begleiten.« Ich schaute in die Ferne und getraute mich nicht, sie direkt anzusehen. Sie lachte auf.

Ich sah sie fragend an.

»Wir haben nie an ein Leben nach dem Tod geglaubt. Woher dein Sinneswandel?«, fragte sie.

»Ich habe mich getäuscht.«

Sie winkte ab.

»Und was ist das?« Ich zeigte auf die Straße, auf den Gitterzaun des Friedhofs. »Wir sind da und doch tot. Ist das nicht eine Art Weiterleben?«

Sie schüttelte den Kopf, drehte sich zum Geisterhaus und begann die Straße zu überqueren.

»Komm doch mit«, rief ich ihr nach. »Der Weg ist bestimmt lang, und so haben wir beide Unterhaltung.«

Sie ging weiter auf das Haus zu.

Ich eilte ihr nach. Sie verlangsamte ihr Schweben, sodass ich sie einholen konnte.

Kurz vor der Mauer blieb sie stehen. »Warum folgst du mir?«

»Ich sage Cornelius, dass du dableiben willst und er dich in Ruhe lassen soll.«

Sie machte ein zufriedenes Gesicht und tauchte in die Mauer ein. Ich folgte ihr.

Cornelius sprang auf und sah uns stirnrunzelnd an. Erdmuthe überholte mich und steuerte die Treppe auf der anderen Seite des Saales an.

»Was bedeutet euer Zurückkommen?«, fragte Cornelius.

Ich zeigte auf die Sessel. Er nahm Platz und wartete, bis ich den anderen Sessel erreicht hatte. Inzwischen war Erdmuthe auf der Treppe.

»Ruhe dich erst aus«, sagte Cornelius, als ich mich gesetzt hatte.

Doch ich begann unverzüglich. »Erdmuthe will nicht gehen. Sie hatte das Gefühl, sie kann dich täuschen. Das Haus vor deinen Augen verlassen und unbemerkt wieder zurückkommen.«

»Weshalb die Umstände?«

»Sie möchte gern in Ruhe gelassen werden.«

»Das verstehe ich«, entgegnete Cornelius. »Doch wir müssen von hier fort. Das Haus wird einmal baufällig, es hält nicht ewig. Es gilt auszuziehen.«

»Erdmuthe hat hier schon zu Lebzeiten gelebt. Lassen wir sie doch hier.«

Er verneinte. »Das ist unser Los. Sobald wir uns eingerichtet haben, müssen wir eine neue Behausung suchen. Andere unseres Schlages denken, in der Natur, in einer Höhle entgehen sie diesem Schicksal. Weit gefehlt. Auch die Berge verschieben sich.« Er zeigte mit dem einen Arm zur Treppe, mit dem anderen zum Ausgang. »Die Welt bleibt in Bewegung und wir müssen uns dem anpassen.«

»Wohin sollen wir denn ziehen?«

»Ich habe eine neue Herberge ausgekundschaftet. In fünfzig Erdenjahren ist sie erbaut. Die Lebenden nennen es Endlager. Das hält zwar auch nicht ewig, doch es wird stabil gefertigt, um darin tödlich verstrahltes Material deponieren zu können. Keine Angst, uns können die Strahlen nichts anhaben. Ihr zwei solltet schon einmal vorgehen, sonst verpasst ihr es noch.«

»Und dann? Müssen wir wieder ausziehen?«

»Ja sicher. Von dort, vom übernächsten Ort, immer weiter. Wie gesagt, das ist unser Los.«

Ich erhob mich. »Dränge Erdmuthe nicht fort von hier. Mehr erbitte ich nicht.«

»Setz dich bitte wieder«, sagte Cornelius. »Ich will dir ein Geheimnis anvertrauen.«

Ich blieb stehen. Er zeigte auf den leeren Sessel. Ich setzte mich.

Er bedankte sich und flüsterte: »Eigentlich sollten wir gänzlich weg von hier. Das ist doch kein Dasein für uns.«

Ich beugte mich zu ihm. »Warum flüstern wir?«

»Das geht nur uns etwas an. Dich zieht es fort von hier. Das habe ich gleich erkannt. Endlich jemand, der den Ort auch nur als Zwischenstation ansieht. Mich zieht es genauso weg von hier.«

»Ach, du hast für uns also einen Weg hier heraus gefunden. Hast du das mit ausziehen gemeint?«

Er kniff die Augen zusammen und schüttelte den Kopf. »Nein, nein, nein. Ich denke daran, dieses Jammertal endgültig zu verlassen.«

Ich lehnte mich zurück. »Wer kommt mit?«

Er machte eine geheimnisvolle Miene, antwortete jedoch nicht.

»Kennst du den Weg aus diesem sogenannten Jammertal?«, fragte ich ihn. »Erdmuthe sagte, rechts und bei zwei Residenzen einkehren. Und dann?«

Cornelius schüttelte den Kopf. »Ich kenne den Weg nicht. Mag sein, dass sie recht hat. Du sollst ihn für mich finden.«

Er kannte den Weg also auch nicht. Ich senkte den Kopf.

»Du hast einen starken Willen, das habe ich erkannt, als die Dame für dich vorbeigekommen ist. Es gibt sie, ich habe sie gesehen, du hast die Wahrheit gesagt. Du findest einen Weg hier heraus.«

»Sie hat mir nicht gesagt, wie ich rauskomme. Das heißt, sie hat gesagt, ich soll Erdmuthe mitnehmen.«

»Siehst du«, sagte Cornelius und hob die Hand.

»Aber Erdmuthe möchte hierbleiben.«

»Treffen wir eine Vereinbarung.« Cornelius beugte sich über die rechte Armlehne. »Du versuchst noch einmal, Erdmuthe zum Mitgehen zu überreden. Auf dich hört sie. Wenn sie nicht einwilligt, findest du den Weg auch ohne sie.

Und ich lasse sie in ihrem Gemach wohnen, so lange sie will.«

Ich nickte und wollte mich erheben.

»Und noch etwas.« Er wischte sorgfältig die Armlehne ab, über die er sich gerade gelehnt hatte. »Wenn du den Ausgang aus diesem Jammertal findest, so wie du meine Wortwahl von vorhin so trefflich wiederholt hast, holst du mich ebenfalls heraus. Auch ich suche einen Weg in bewegendere Gefilde. Und falls ich es vor dir schaffe, denke ich im Gegenzug ebenso an dich.« Er nickte mit geschlossenen und breitgezogenen Lippen.

Ich ging in die Kammer hoch, um mich von Erdmuthe zu verabschieden, überreden wollte ich sie nicht, bloß noch einmal bitten mitzukommen.

Sie lag auf dem Bett, setzte sich auf, als ich eintrat. Der Koffer lag geöffnet am Boden, darin ein Plan.

»Cornelius hat mir gesagt, wir sollen zusammen losziehen«, sagte ich.

Sie deutete auf den Plan im Koffer und legte sich wieder hin.

Der Plan zeigte einen Weg, der von zwei Kreuzen unterbrochen war. »Führt der Weg zu den nächsten Residenzen? Mir schwebt ein anderer, ein viel weiterer Weg vor.«

Sie antwortete nicht. Ich nahm das Papier in die Hand.

»Ich gehe nicht zu dem neuen Ort«, sagte Erdmuthe. Sie hatte sich aufgesetzt. »Ich ziehe nicht ständig um.«

»Ich auch nicht«, sagte ich. »Ich suche die Sphäre, von der Julia gesprochen hat.«

Sie stand auf, lief im Zimmer auf und ab und blieb stehen. »Warum hast du mich zurückbegleitet? Schon der Weg bis auf die Straße hat dich angestrengt. Jetzt bist du wieder hier.«

»Du hättest nicht unbemerkt zurückkehren können. Cornelius hat mir versichert, wenn du nicht mit mir gehst, wird er dich in Ruhe lassen.«

»Und was machst du in dieser fremden Sphäre?«

»Weiterkommen. Ich habe im Leben so viel verpasst, vielleicht kann ich das wiedergutmachen.«

Sie zeigte nochmals auf den Plan und verließ ohne ein weiteres Wort die Kammer. Wollte sie doch mit? Ich nahm den Plan und eilte ihr nach – gut, für einen Beobachter mag es wie Schleichen ausgesehen haben.

Erneut gingen wir an Cornelius vorbei nach draußen. Diesmal ohne Koffer. Er nickte mir zu mit einem Schmunzeln auf den Lippen.

Draußen schlug Erdmuthe die entgegengesetzte Richtung ein, in die Julia entschwunden war. Ich folgte. Reden konnte ich nicht, sie war schneller und schwebte weit vor mir, achtete jedoch darauf, dass sich der Abstand zu mir nicht vergrößerte.

Wenige Gebäude links und rechts kannte ich noch, die meisten waren ersetzt worden. Als wir den Stadtrand hinter uns gelassen hatten, verlangsamte Erdmuthe ihr Gleiten, und ich holte sie ein.

»Du möchtest wissen, warum ich mitkomme?«, fragte sie.

»Das frage ich mich schon die ganze Zeit.«

»Du bist eine ehrbare Seele, dass du dich bei Cornelius für mich eingesetzt hast«, erklärte sie. »Und vielleicht hast du recht, und es gibt ein Leben nach dem Tod. Das möchte ich mir mal anschauen.«

»Nun, für mich ist das ebenfalls neu. Julia sprach von Inkarnationen. Ein Mensch lebt eine Zeit lang auf der Erde, entwickelt sich als Toter im Jenseits und kommt als neuer Mensch auf die Erde zurück.«

Erdmuthe schüttelte den Kopf. »Von mir aus. Sei nicht enttäuscht, wenn's anders kommt.«

Sie hielt die Hand über die Augen und spähte in die Ferne.

»Ich führe uns an eine Stelle weit weg von den Seelen dieses Schattenreichs«, sagte sie. »Dort werden wir von den Auskundschaftern am wenigsten gestört, und du kannst Kontakt zu Julia aufnehmen.«

»Das können wir nicht«, antwortete ich. »Der Kontakt mit ihr war einmalig. Sie hat jedoch gesagt, wir beide können uns zusammen einen eigenen Weg bahnen.«

»Und ich dachte, du weißt, wie wir vorgehen sollen.« Sie setzte sich hin und stützte den Kopf auf beide Hände.

»Julia hat mir versichert, dass du hier ebenfalls raus willst«, sagte ich. »Hattest du mal Kontakt zu ihr? Oder ihr etwas durch jemanden ausrichten lassen?«

Sie schaute stumm auf die Füße.

»Zusammen schaffen wir es, hat sie gesagt. Und du sollst den ersten Schritt machen.«

»Welche Ehre«, sagte Erdmuthe und erhob sich. Sie schwebte ein paar Schrittlängen nach vorn, ein paar zurück, eine seitlich aufs Feld.

»Wir können da lang oder dort lang.« Sie zeigte nach links und rechts. »Schlussendlich kommen wir immer wieder hierher. Um den Weg aus dieser Ausweglosigkeit zu erfahren, müssen wir beobachten lernen. Hast du, als du frisch zu uns gestoßen bist, Personen oder Flächen unscharf gesehen?«

»Ja, genau«, sagte ich. »Zum Glück hat sich das gelegt.«

Sie klopfte mir auf den Oberarm.

»Ist der Blick auf die Unschärfe der Schlüssel hier hinaus?«, fragte ich.

Sie nickte.

»Und du hast diesen Blick?«

Sie strich mir zärtlich über die Wange.